SOCORRO, CAÍ DENTRO DO VIDEOGAME

SOCORRO, CAÍ DENTRO DO VIDEOGAME

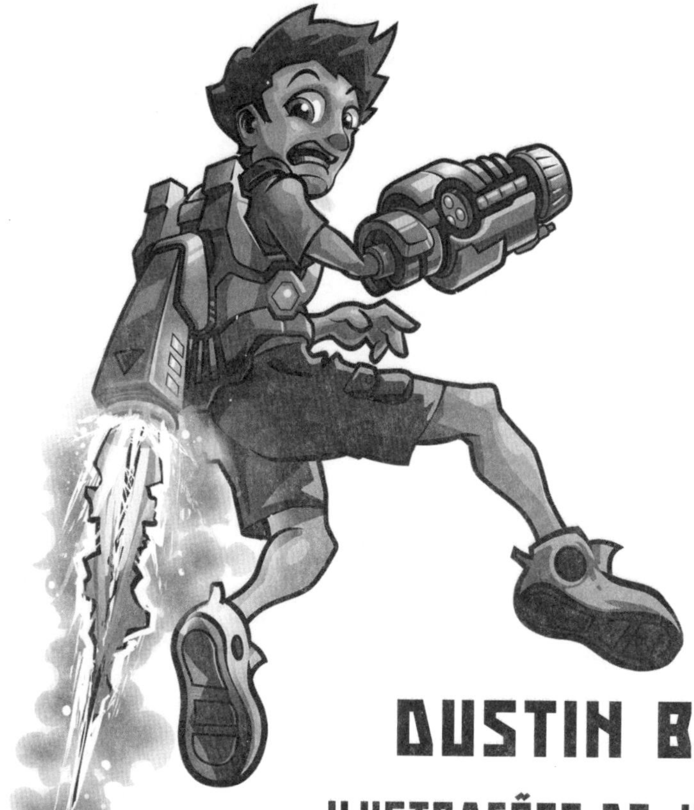

DUSTIN BRADY
ILUSTRAÇÕES DE JESSE BRADY

TRADUÇÃO ADRIANA KRAINSKI

COPYRIGHT © TRAPPED IN A VIDEO GAME COPYRIGHT © 2018 DUSTIN BRADY
TRAPPED IN A VIDEO GAME WAS FIRST PUBLISHED IN THE UNITED STATES BY ANDREWS MCMEEL PUBLISHING, A DIVISION OF ANDREWS MCMEEL UNIVERSAL, KANSAS CITY, MISSOURI, U.S.A.

ILLUSTRATIONS COPYRIGHT © 2018 BY JESSE BRADY

COPYRIGHT © FARO EDITORIAL, 2021

Todos os direitos reservados.
Nenhuma parte deste livro pode ser reproduzida sob quaisquer meios existentes sem autorização por escrito do editor.

Milkshakespeare é um selo da Faro Editorial.

Diretor editorial: **PEDRO ALMEIDA**

Coordenação editorial: **CARLA SACRATO**

Preparação: **TUCA FARIA**

Revisão: **CÉLIA REGINA ARRUDA** e **GABRIELA ÁVILLA**

Adaptação de capa e diagramação: **CRISTIANE | SAAVEDRA EDIÇÕES**

Dados Internacionais de Catalogação na Publicação (CIP)
Angélica Ilacqua CRB-8/7057

Brady, Dustin
    Socorro, caí dentro do videogame / Dustin Brady; traduzido por Adriana Krainski; ilustrado por Jesse Brady. — São Paulo: Faro Editorial, 2021.
    112 p. : il.

    ISBN 978-65-5957-056-0
    Título original: Trapped in a video game

    1. Literatura infantojuvenil I. Título II. Krainski, Adriana III. Brady, Jesse

21-2880   CDD 028.5

Índice para catálogo sistemático:
1. Literatura infantojuvenil

1ª edição brasileira: 2021
Direitos de edição em língua portuguesa, para o Brasil, adquiridos por FARO EDITORIAL

Avenida Andrômeda, 885 – Sala 310
Alphaville – Barueri – SP – Brasil
CEP: 06473-000
WWW.FAROEDITORIAL.COM.BR

SUMÁRIO

1. Melecas e bombas 7
2. A última esperança da humanidade 11
3. Gritos e explosões 17
4. Modo Realidade 23
5. Passeio de mochila a jato 30
6. Batalha dos chefões 36
7. Dia do Mark 42
8. Senhora Liberdade 46
9. Tchauzinho 51
10. Capitão Eric 55
11. Corrida de velocidade 61

12 Código-fonte 67

13 O protocolo Hindenburg 71

14 Sol a pino 77

15 O único jeito 82

16 Pedindo mais 89

17 A batalha final 95

18 Senhor Gregory 97

19 Tem certeza? 100

SOBRE OS AUTORES 103

EXPLORE MAIS 104

CAPÍTULO 1

Melecas e bombas

> Jesse, vem cá. Você não vai acreditar nisso.

Essa foi a mensagem que arruinou a minha vida.

Eu sei, eu sei, não parece uma mensagem do tipo que destrói vidas. Ainda mais porque o meu amigo Eric, que a enviou, diz "você não vai acreditar nisso" para as coisas mais acreditáveis. No mês passado, ele disse que eu não iria acreditar que ele fez uma torrada "igualzinha ao Darth Vader" (era só um pedaço de torrada queimada), depois em um truque maneiro que ele tinha aprendido na bicicleta (pedalar por meio segundo sem as mãos no guidão) e da vez em que me contou sobre uma meleca de nariz gigante (essa era bem impressionante mesmo).

Ignorei a mensagem por um tempinho, porque o silêncio faz o Eric falar mais rápido. Cinco minutos depois, como ele não tinha escrito mais nada, acabei respondendo:

> O que é?

Sem resposta.

> Vai contar ou não?

Nada.

> Espero que não seja mais uma meleca.

Nadica de nada.

Mais cinco minutos se passaram. Suspirei. Tá bom, o Eric iria ganhar daquela vez. Mas só porque olhar pra porcaria da meleca seria mais divertido do que a lição de matemática que eu estava fazendo. Fechei o livro, vesti a jaqueta e atravessei a rua pra chegar à casa do Eric.

A porta estava aberta, então entrei e desci até o porão.

— Beleza, vamos ver o que é — eu disse ao chegar ao final da escada.

Nada de meleca. E nada do Eric.

— Apareça — eu chamei.

Andei pela lavanderia (onde deveriam estar as roupas sujas). Fui pro andar de cima, até o quarto do Eric (onde as roupas sujas realmente estavam). Olhei atrás das portas, dentro dos armários, debaixo das camas. Nada de meleca. Nada do Eric.

Eu não podia acreditar.

Desde que a família do Eric se mudara pra casa do outro lado da rua, quando estávamos na primeira série, o passatempo preferido dele era fazer pegadinhas comigo. Eu gosto de uma boa pegadinha, como todo mundo. Mas, infelizmente, nenhuma das pegadinhas do Eric é boa. Ele é um cara impaciente, estraga a brincadeira antes mesmo de começar. Nem sei dizer em quantas festas do pijama eu vi o Eric tentando colocar o dedo de algum amigo que estava dormindo na água e ele acabava levando um banho da "vítima", que apenas estava fingindo dormir.

Então, por um lado, eu tinha que admirar o comprometimento do Eric com esta pegadinha. Mas, por outro lado, poderia ser a pegadinha mais besta que ele havia feito.

Voltando ao porão, aquele jogo havia me cansado.

— Tá bom! — gritei. — Vou voltar pra minha casa agora! Preciso terminar a lição de matemática, é pra segunda-feira! E você deveria fazer o mesmo!

Mais silêncio. Olhei ao redor. O único sinal de vida era um video-game pausado na TV que ficava no canto da sala. Eric adorava video-games. Principalmente aquele que estava na tela naquele momento: *Potência Máxima*. Você nunca ouviu falar do jogo *Potência Máxima*? É porque ainda não foi lançado. Eric conseguiu faz umas duas semanas com o Charlie, o garoto mais legal da nossa sala. Só pra deixar claro: Charlie não é considerado o garoto mais legal da sexta série por ser mesmo um garoto legal. Ele é o mais legal porque o pai dele trabalha em uma empresa de videogames e às vezes dá umas cópias dos jogos aos amigos do Charlie para testarem antes dos lançamentos.

Nas últimas duas semanas, o Eric não parou de falar do *Potência Máxima:*

— Jesse, me escuta. Esse é o jogo mais legal do mundo!

— Tô nem aí.

— São aliens que tentam conquistar o mundo, e você é a única pessoa viva que pode salvar todo o resto, porque...

— Tô nem aí.

— ... você encontrou um dos detonadores deles, e, quando você consegue deixar o detonador na POTÊNCIA MÁXIMA, você pode...

— NÃO TÔ NEM AÍ!

— ... começar a disparar...

Eric não desistia de tentar me fazer vê-lo jogar. Eu nunca tinha vindo porque prefiro que alguém dispare uma mangueira de incêndio na potência máxima na minha cara a assistir a outra pessoa jogando videogame. Não que eu odeie videogame — tenho certeza de que é legal. Mas nunca tive tempo pra jogar.

Fui andando na direção da TV. O Eric fala tanto daquele jogo, talvez eu devesse tentar. No mínimo seria melhor que a lição de casa de matemática. Peguei o controle, olhei para a tela, que apresentou a frase:

VOCÊ TEM CERTEZA?

— SIM

— NÃO

Travei por um segundo. Será que eu devia? E se eu apagasse o jogo que o Eric tinha salvado? Ah, ele nem iria ligar. Eric ficaria feliz por eu ter tentado jogar videogame. Cliquei no "SIM".

No mesmo instante em que cliquei, tudo ficou preto. Não a tela. Tudo, *a sala inteira*.

CAPÍTULO 2

A última esperança da humanidade

Sabe aquela sensação de estar tomando leite durante um salto de paraquedas e o seu parceiro de paraquedismo conta uma piada superengraçada que você ri tanto a ponto de acabar saindo leite pelo seu nariz e você vomitar ao mesmo tempo? Não? Todo mundo já viveu algo parecido, não? Bom, de qualquer jeito, foi exatamente assim que me senti depois de clicar no "SIM".

Como eu disse, tudo ficou preto no segundo em que apertei o botão. Entrei em pânico e fiquei procurando algum jeito de voltar atrás. Mas o controle não estava mais nas minhas mãos. Tentei virar e alcançar o sofá. Isso me fez perder o equilíbrio e comecei a cair na escuridão. Quanto mais rápido eu caía, mais sentia que o que havia no meu estômago queria sair pela minha boca, aí acho que eu vomitei e pensei: "Videogame é a pior coisa do mundo" — e apaguei.

Quando abri os olhos, estava olhando pro sol — o que era inexplicável porque o sol não tem como chegar ao porão do Eric. Senti o chão. A sujeira. Beleza, superestranho. Fechei os olhos pra conseguir me achar e, quando os abri de novo, vi dois olhos nervosos, a cinco centímetros de distância, me encarando.

— AHHHHHHHH!

— ACABOU A HORA DA SONECA, SEU VERME!

Os dois olhos pertenciam a um rabugento sargento do exército, que parecia a pessoa mais furiosa do planeta. Tentei me afastar.

— Olha, eu não... Isso é um grande... Certo, sabe, se você ligar pra minha mãe...

O sargento não pareceu interessado em esclarecer as coisas com a senhora Rigsby. Em vez disso, ele me levantou pelo pescoço, como um desses valentões da TV faria.

— Escuta aqui, seu verme, não sei como você conseguiu esse detonador que está preso no seu braço, mas, já que está aqui, nós vamos usar isso pra...

O que estava preso no quê? Olhei pra baixo. Um detonador. Preso no meu braço. Onde deveria estar a minha mão direita.

— AHHHHHHHH!

O meu grito não impediu o sargento de continuar com aquele discursinho dele:

— ... mandar aquela corja de aliens de volta pra seja lá qual for a pedra de onde eles vieram. Você é a esperança da humanidade pra...

— AHHHHHHHH!

— ... salvar este planeta. A sua missão será longa, a sua missão será difícil, a sua missão provavelmente será mortal. Mas você...

— AAAAAAAAAHHHHHHHHHHHHHHHHHHHHHH!

Continuei gritando enquanto durou o discurso. Depois de uns minutos falando que eu provavelmente iria morrer, o sargento me soltou. Sentei no chão, sem ar, tentando arrancar o detonador do meu braço.

Por trás da minha respiração acelerada, ouvi o sargento falando de novo:

— ... pra andar.

Eu o encarei.

— Como é que é?

Ele me olhou zangado por uns segundos antes de repetir:

— Aperte pra cima pra andar.

Pisquei algumas vezes.

— Escuta, não sei o que era pra ser isto aqui, mas você precisa me ajudar.

Ele ficou me olhando. Dei uns passos na sua direção.

— Eu não devia estar...

— Ótimo. Agora aperte "A" pra pular.

Franzi a testa.

— Você está me escutando?

O sargento nem reagiu.

— Tá, o meu nome é Jesse Rigsby. Estou na sexta série. Não sou nenhum matador de aliens. Nem acredito em ETs pra falar a verdade. Você pode, por favor, me ajudar a tirar esta coisa do meu braço pra eu ir pra casa terminar a minha lição? *Por favor?*

— Aperte "A" pra pular.

— Não! Eu não quero pular!

— Aperte "A" pra pular.

— Isso é coisa de videogame, né? Como realidade virtual? Um tipo de óculos? — Tentei colocar a mão no rosto pra tirar os óculos, mas, em vez disso, acertei a minha cabeça com aquele detonador bem real preso no meu braço.

— Aperte "A" pra pular.

— Beleza. Eric. Eric Conrad. Um garoto hiperativo mais ou menos desta altura. Foi ele que me trouxe até aqui. Você já viu o Eric por aí, não viu?

— Aperte "A" pra...

— TÁ BOM! — Eu pulei. — Tá feliz?!

— Muito bem. Agora é hora de explodir uns aliens. Siga-me!

— Não, agora com certeza não é hora de explodir aliens! — gritei, indo atrás do sargento. — É hora de voltar pra lição de casa de matemática! Frações! EU DEVERIA ESTAR MULTIPLICANDO FRAÇÕES!

Como sempre, ele me ignorou. Bufei, mas segui o sargento. O que mais eu poderia fazer? Ele me conduziu por uma base militar vazia, passando por fileiras de alojamentos, até chegarmos a um estande de tiro. O sargento pegou uma arma e me fez entrar em uma cabine. A uns dez metros estava um totem de papelão com a imagem de um louva-a-deus do tamanho de uma pessoa.

— É aqui que você vai aprender a usar o detonador.

— Eu não quero de jeito nenhum usar o detonador.

— Aperte "B" pra disparar.

— Olha, tem outra coisa. Você fica me falando pra apertar esses botões, mas como é que eu posso fazer isso se não tenho um controle? Eu tinha um controle, mas ele desapareceu quando caí neste seu lugar estranho cheio de aliens! E agora?

— Aperte "B" pra disparar.

— VOCÊ É A PESSOA MAIS INÚTIL QUE EU JÁ VI!

— Aperte "B" pra disparar. Assim. — Ele ergueu o rifle, mirou e atirou no totem. A arma fez um "pá", e apareceu um buraquinho no papelão. Parecia que ele tinha atirado com uma espingardinha de chumbo.

— Tá bom. — Eu procurava um botão ou gatilho no detonador. Nada. — Não tem botão "B"! Feliz agora? Pode pegar esse... — Quando apertei a mão direita (ou onde a minha mão direita deveria estar) o detonador DISPAROU UMA BOLA BRANCA BRILHANTE! A bola branca acertou o boneco de papelão e o vaporizou na hora. — O QUE FOI ISSO?!

— Muito bem. Agora você já pode nos salvar.

No mesmo instante, um louva-a-deus de papelão muito maior e mais assustador apareceu do nada.

— Agora aperte "B" pra recarregar o seu detonador. Quando ele atingir potência máxima...

— ISTO É *POTÊNCIA MÁXIMA*? ESTOU DENTRO DE UM JOGO CHAMADO *POTÊNCIA MÁXIMA*?!

Claro, o sargento não me respondia. Tudo o que ele fazia era esbravejar sobre recarregar e atacar, e sobre outras armas que "você descobrirá durante sua jornada". Em certo momento, tentei sair, mas não importava quanto tentasse, eu não conseguia escapar da cabine de tiro.

Meia hora depois, eu tinha vaporizado toda uma fileira de louva-a-deus de papelão, e o sargento achou que eu estava pronto para "derrotar a corja de aliens".

— Ah, não não não não — falei. — Só me leve até o Eric Conrad por favor.

Uma espiral brilhante apareceu atrás de mim.

— Você está sendo enviado para o entreposto alienígena nas Montanhas Rochosas.

— Nananinanão...

— Boa sorte, soldado. Boa sorte.

A espiral aumentou de tamanho.

— NÃÃÃÃÃÃÃÃÃÃÃO!

Tentei fugir, mas já era tarde. Fui sugado. *VUUUUUCH!* Tudo desapareceu outra vez. Mais vômito de leite no paraquedas.

Finalmente, parei de cair. Mantive os olhos fechados por mais um segundo, rezando pra que quando os abrisse de novo eu estivesse de volta no porão do Eric. Má notícia: nada de porão. Notícia pior ainda: um montão de neve. Notícia pior de todas: um louva-a-deus do tamanho de um tanque me encarava.

SALVANDO...
NÃO FECHE O LIVRO ENQUANTO O ÍCONE 'SALVAR' ESTIVER NA PÁGINA

CAPÍTULO 3

Gritos e explosões

Fiz aquilo que devemos fazer quando um louva-a-deus devorador de humanos começa a vir na nossa direção: gritei feito um bebê assustado.

— AHHHHHHHHHHH!

O louva-a-deus não desacelerou. Tentei correr um pouco pra ver se funcionava.

— AHHHH! — Correr sobre pedras cobertas de neve com um detonador preso ao seu braço é mais difícil do que parece.

Com a criatura quase em cima de mim, tentei o meu último truque: gritar enquanto me encolhia na forma de uma bolinha. Mas nem isso deu certo, porque a porcaria do detonador ficava entrando no...

Ah, espera! O detonador!

No último segundo, fechei os olhos, estiquei o braço e apertei a mão direita. O detonador recuou, e eu ouvi um grito estridente. Ao abrir os olhos, vi o louva-a-deus desaparecer em uma bola luminosa.

Uau. Quase morri. Dentro de um videogame. Fiquei imaginando o meu velório: "Aqui dorme Jesse Rigsby, de Middlefield,

Ohio. Jesse foi tragicamente levado de nós por um louva-a-deus gigante enquanto tentava salvar o universo de um jogo de um ataque de aliens de mentira. Jesse liderou a resistência com bravura, o que durou por uns dez segundos inteiros."

Olhei ao redor. Neve e rochas por todos os lados, mas havia um caminho que levava na direção das montanhas à minha frente. Não, obrigado. Virei pro outro lado e comecei a caminhar de volta pra procurar uma saída daquela bagunça. Dei exatamente cinco passos antes de...

PAM.

Bati em alguma coisa e caí de costas na neve. Confuso, me levantei e tentei de novo.

PAM.

Fiquei de pé e dei mais uma olhada no local. Eu estava ao ar livre e não tinha nada diferente ao meu redor. Estiquei o braço com o punho cerrado.

PAM.

— AAAAAAAAAAI! — Tinha dado um soco numa parede invisível.

Chacoalhei a mão e depois tentei detonar. Nada. E se eu atirasse com a potência máxima? Recarreguei o detonador e atirei na parede invisível a uns cinco metros de distância. A bola de luz entrou pela parede e desapareceu. Suspirei, coloquei a mão na parece e comecei a caminhar para encontrar uma abertura.

Depois de cinco minutos caminhando ao lado de uma parede invisível nas Montanhas Rochosas (não era exatamente o que achei que faria quando acordei), ouvi um barulho à minha esquerda.

Clique clique clique.

Eu me virei devagar. Por entre os pinheiros, consegui ver dois louva-a-deus andando pra lá e pra cá, vigiando o caminho principal. *Glup*. Comecei a andar mais devagar e depois a rastejar para evitar fazer barulho e chamar a atenção deles.

PAM.

A parede invisível surgiu ali, sem aviso, e eu bati a cabeça nela. Uma das criaturas se virou. Fiquei bem parado achando que os louva-a-deus alienígenas eram como Tiranossauros Rex que só conseguiam enxergar coisas que se mexessem.

SQUIIIIIIIIIIIIIIIIIIIIIIIC!

Não! Péssima teoria! Péssima, péssima teoria! A criatura que me ouvira agora estava de pé, erguida só sobre patas traseiras e fazendo um barulho agudo assustador, enquanto a outra vinha na minha direção.

Corri o mais rápido que as minhas perninhas conseguiram. À medida que eu escalava as pedras e desviava das árvores, continuava virando pra trás e disparando loucamente contra aqueles seres que me atacavam.

PÁ-PÁ-PÁ-SQUIIIIIIC!

PÁ-PÁ-PÁ-SQUIIIIIIC!

Talvez você não se surpreenda em saber que as criaturas com as suas patinhas ligeiras de inseto estavam ganhando da pessoa que na semana anterior não tinha conseguido correr nem um quilômetro na aula de educação física.

PÁ-PÁ-PÁ-SQUIIIIIIC!

PÁ-PÁ-PÁ-SQUINHIIIIIIIIIIIC!

Acertei um! Infelizmente, não dava tempo de comemorar, o louva-a-deus que eu vaporizara havia sido substituído por outro que tinha ouvido o seu grito de guerra. E depois surgiu mais outro.

Encontrei a trilha e continuei correndo e disparando pra trás com tudo, desejei muito ter trazido minha bombinha de asma. Mas quem traz uma bombinha de asma pra um videogame? Culpei o Eric. Ele deveria ter escrito: "Vem cá. Você não vai acreditar nisso. E acho que você vai precisar trazer a sua bombinha". Ou talvez: "Venha aqui SÓ SE VOCÊ QUISER SER PERSEGUIDO POR ALIENS COMEDORES DE GENTE NO MEIO DAS MONTANHAS" — pra, sabe, me dar uma opção.

À medida que eu corria, o terreno dos dois lados da trilha ia ficando mais alto, até que me vi correndo no fundo de um cânion. Os louva-a-deus agora pulavam dentro da falésia, atrás de mim, unindo-se aos seus outros irmãos em uma correria mortal. De repente, a falésia se abriu na forma de uma enorme bacia com paredes de quinze metros de altura. Fim da linha.

Fui até o paredão a minha frente, me virei e comecei a disparar. Agora eu estava ficando melhor de pontaria, mas já era tarde demais. A cada alien que eu vaporizava, outros três se jogavam da parte de cima do cânion. O bando chegava cada vez mais perto. Trinta metros. Depois vinte. Aí, só quinze. Continuei atirando de olhos fechados, me preparando pro meu fim.

Foi quando ouvi um coro de gritos estridentes. Abri os olhos e vi a luz ofuscante de cinco aliens sendo vaporizados ao mesmo tempo. Antes de entender o que estava acontecendo, a onda detrás deles também desapareceu.

— Jesse!

Olhei pra cima. Eric. Eric Conrad, com o maior jeitão de super-herói, disparava pra todo lado lá de cima do penhasco.

— E aí, parceiro! Que tal?

— PIOR COISA DA VIDA! ME TIRA DAQUI! — eu gritei.

— Que bom que você tá curtindo! Tente recarregar na potência máxima!

Foi o que eu fiz. Funcionou! Acabei com um grupo inteiro com um só disparo. Eu e o Eric trabalhamos juntos, detonando todos os alienígenas que estavam ali no cânion.

Cinco minutos depois, restavam apenas três louva-a-deus vindo pela abertura. Eu me virei pra ver o Eric preparar o tiro, e foi então que vi aquilo. Atrás do Eric vinha, sorrateira, uma criatura preta que parecia muito mais um alien do que um louva-a-deus, com cinco patas e um braço comprido na forma de detonador.

— Eric!

Ele olhou pra mim. O alien baixou o detonador.

— CUIDA...

O alien apertou o gatilho, e o meu melhor amigo no mundo inteiro foi vaporizado bem na minha frente.

CAPÍTULO 4

Modo Realidade

Eric era o meu melhor amigo desde a primeira série. Os pais dele ainda estavam tirando as coisas do caminhão de mudança quando eu o conheci: Eric corria por todos os lados do jardim, usando uma capa de super-herói e girando um pano com a mão. E eu fui até lá perguntar: "O que você tá fazendo?". "Tô tentando voar", ele disse, "e tô quase conseguindo". Acreditei nele, porque eu estava na primeira série e todos os garotos dessa idade acreditam que estão *quase conseguindo* voar. Resolvi me juntar àquele estranho menino voador e aprender os seus truques.

E, nos seis anos seguintes, nós estivemos juntos. Em todos os momentos. Nunca aprendemos a voar, mas aprendemos a dar uns pulos bem altos nas nossas rampas de bicicleta improvisadas, aprendemos a fazer fogo com uma lupa e a assustar um ao outro nas noites em que dormíamos no quintal, até que precisávamos entrar pra fazer xixi, mas o medo nos impedia. E agora ele já era.

Detonei o alien que vaporizou o Eric, acabei com o grupo que estava atrás de mim e escalei a parede de pedra até o lugar onde ele estava momentos antes, tudo isso sem parar de chorar. Quando consegui chegar ao topo, parei em cima da mancha preta do que restou do meu melhor amigo. O que eu ia dizer para os pais dele? Como eu voltaria pra contar aquilo aos pais dele? Continuei olhando aquela mancha por alguns minutos, tentando enxugar as lágrimas e sempre esquecendo que uma das minhas mãos agora era um detonador que acertava a minha cara toda hora. Mas eu não estava nem aí.

— Tá olhando o quê, cara?

Virei rápido.

— Eric?! O que você está... achei que você... eu vi...

— É, eu fui vaporizado.

— ENTÃO, COMO É QUE VOCÊ TÁ AQUI... NÃO TÔ ENTENDENDO NADA... CALMA AÍ, VOCÊ É UM FANTASMA?!

— Não, cabeção. Isto aqui é um videogame. Eu só voltei pro início da fase.

Olhei feio pra ele.

— Espera, você achou que eu tivesse morrido de verdade?

Continuei olhando feio.

— Que maluquice seria isso! Não é assim que funciona nos videogames! Você morre uma vez e o jogo acaba? Joga no lixo? Não, você volta pro início da fase e começa de novo. Nem machuca, tá vendo?

Eric apontou o detonador dele para mim. Arregalei os olhos.

— NÃO NÃO NÃO NÃO NÃO NÃO!

ZAZ.

E assim, do nada, fui parar no início da fase, vendo lá embaixo um louva-a-deus vindo na minha direção. Um segundo depois ZAZ, o Eric apareceu também. E, um segundo depois, *SQUIIIIIIC*, meu amigo detonou um alien.

— Vamos nessa. — Eric começou a andar pela trilha.

— Ei! — Fui correndo atrás dele. — Você vai me explicar o que é isto aqui?

— Ah, sim! — Os olhos do Eric brilharam. — Não é a coisa mais legal do mundo? Dá pra acreditar?

— Não! Não dá mesmo! É de verdade?

Eric deu de ombros.

— Acho que sim. Hoje à tarde, finalmente, eu venci o jogo. Quando os créditos acabaram de passar, surgiu uma tela dizendo que eu tinha destravado um negócio chamado Modo Realidade e perguntando se eu queria testar. Quando eu disse que sim, fui sugado pra cá, como você.

— Mas como você me mandou mensagem?

— Hein?

— Perguntei como você me mandou a mensagem.

— Espera. — Eric me arrastou pra dentro de uma caverna bem estreita. — Olha só.

Ele soltou um pequeno disparo na neve pra chamar a atenção dos aliens. Logo vieram dois, depois cinquenta, depois muitos mais. Todos tentavam nos alcançar, mas eles eram muito grandes pra caber naquele espacinho. Por fim, Eric carregou o detonador e vaporizou todo o grupo com um tiro só. Depois da luz brilhante, escutamos um apito e vimos uma peça mecânica flutuando na neve. Eric soltou um "Uhu!", correu até lá e prendeu aquilo no detonador dele.

— Agora eu posso lançar granadas! — ele gritou.

— Maravilha. Você pode responder à minha pergunta?

— Acho que você não tá entendendo como esta situação aqui é maneira.

— Acho que você não tá entendendo que estamos presos EM UM MUNDO CHEIO DE ALIENS!

— Ah, nós não estamos presos. — Eric voltou a caminhar.

— Sério?

— Caramba, Jesse, eu não teria convidado você pra vir aqui se não tivesse uma saída.

— Então o que aconteceu?

TOU TOU. Esperei pacientemente enquanto o Eric disparava granadas em duas árvores enormes. As granadas explodiram formando um clarão de luz e o topo das árvores desapareceu. Eric balançou a cabeça, contente.

— No final de cada fase tem um portal que leva a gente pra vida real. Terminei duas fases, aí decidi voltar e contar pra você o que tinha acontecido. Eu sabia que você não ia acreditar em nada do que eu contasse, porque você é um bebezão... — *TOU TOU*. Eric derrubou o alien que atirara nele um tempinho atrás. — Aí, tudo o que eu podia fazer era deixar que você visse com seus próprios olhos. — Ele se virou e sorriu. — E, aí, curtiu?

— Achei péssimo!

O Eric fechou a cara, desanimado.

— Quê?

— Como assim "Quê"? Eu não tenho nem ideia do que está acontecendo e...

Eric se movimentou na direção do meu ombro pra detonar um louva-a-deus que corria na minha direção.

— ... de repente eu sou sugado pra esta coisa, e acho que vomitei, e você sabe como eu odeio vomitar...

Enquanto nos olhávamos, Eric ergueu a mão e lançou uma granada em dois aliens que tentavam vir escondidos pela nossa esquerda.

— ... aí, aquele cara do exército começou a gritar comigo e me obrigou a fazer uns negócios estranhos...

— Aquele era o tutorial. — O Eric me interrompeu.

— Ahn?

Ele ergueu no ar o detonador e atirou. Uma coisa voadora caiu no chão atrás da gente.

— O tutorial. Ele está lá pra ensinar como jogar. O sargento não é de verdade. Ele é como um robô programado pra fazer uma coisa só.

— Que seja. E agora todos estão tentando nos matar, E EU TENHO QUE FAZER A LIÇÃO DE MATEMÁTICA QUE É PRA ENTREGAR NA SEGUNDA-FEIRA!

— Escuta — Eric lançou mais duas granadas só pra se divertir. — Eu entendo que você esteja um pouco chateado agora.

— TEM ALIENS DE VERDADE TENTANDO ME DEVORAR!

— Mas você está comigo e eu conheço este jogo de trás para a frente. Se você ficar por perto, vai dar tudo certo. Quem sabe você consegue se divertir um pouco, Jesse.

Eu o encarei.

— Deixo você lançar uma granada.

Encarei-o ainda mais. Eric soltou o lançador de granadas e o colocou no meu braço.

— Experimenta.

Eu apertei. Duas granadas fizeram um *TOU TOU* saindo do meu braço e vaporizaram um louva-a-deus, que eu não tinha visto e tentava se esconder perto de nós.

— Não é demais?! — Eric exclamou.

Era demais. Era mesmo.

— Humpf...

— Vamos, temos que detonar uma base alienígena. — Eric saiu correndo na minha frente.

Ele foi disparando e gritando pelo resto da fase, e eu lancei umas granadas de qualquer jeito. Quando detonamos o último alien, estávamos sem fôlego.

— É isso aí, Jesse!

Eric me levou por uma última porta dentro da base alienígena. Lá dentro, encontramos uma sala com três portais brilhantes. Um dizia "JOGAR NOVAMENTE", o outro, "CASA", e o último, "FASE 2".

— Certo, vou deixar que você continue. — Dei um passo na direção do portal CASA.

— Espera! — Eric me segurou. — Você não quer continuar?

— Não. Eu falei que quero ir pra casa.

— Só mais uma fase...

— Nada disso.

— A próxima é no Havaí.

— Não dá.

— Eles têm mochilas a jato.

Olhei de lado pra ele.

— Mochilas a jatooooooo.

Ficamos nos encarando por mais um tempo, Eric balançando a cabeça positivamente, e eu de olho nele. No fim das contas, revirei os olhos.

— Só mais uma fase.

— UHUUUUUU!

Passamos ao lado do portal CASA e entramos na FASE 2.

Foi a pior decisão da minha vida.

SALVANDO...
NÃO FECHE O LIVRO ENQUANTO O ÍCONE 'SALVAR' ESTIVER NA PÁGINA

CAPÍTULO 5

Passeio de mochila a jato

Acho que não preciso dizer isso, mas mochilas a jato são incríveis. Eu descobri isso pessoalmente quando o Eric me levou pra voar com uma delas no topo de uma cachoeira, do lado de fora do portal.

— Vai lá! Prende em você!

Prendi a mochila a jato em mim, tentando agir como se aquele não fosse o momento mais irado da minha vida.

— Tá, e agora?

— É só pular.

— Como é que é?

— Pula da cachoeira.

Fui olhar na beirada. A parte de baixo da cachoeira ficava a pelo menos uns sessenta metros.

— Não. Nananinanão. Não dá pra decolar daqui?

— Até dá, mas é mais divertido se você cair primeiro. Só aperte o botão na mão direita pra disparar e lembre-se de pousar quando ela começar a piscar.

— Espera, quando o que começar a piscar?

— É isso aí! Agora, vai! — E o Eric me empurrou cachoeira abaixo.

Eu só tentei saltar do trampolim grande na piscina do centro recreativo uma vez. No ano passado, o Eric acabou me fazendo subir até o topo. Lá do alto, falei que eu tinha mudado de ideia, então ele deu uma "ajuda" me empurrando. Caí de barriga e fiquei com uma marca vermelha que durou o dia inteiro. O salva-vidas expulsou o Eric da piscina, e eu soquei a barriga dele o mais forte que consegui, pra demonstrar a dor que eu tinha sentido, mas nenhuma das duas coisas o impediu de tirar onda com a minha cara pelo resto da semana.

E ali estávamos nós de novo: eu, caindo numa cova aquática, e o Eric, rindo lá em cima. Se eu sobrevivesse, faria muito mais do que dar um soco na barriga dele.

Enquanto o rio se aproximava, veloz, eu tentava lembrar das instruções do Eric. *Será que aperto este botão? Não, talvez este...*
VUUUUUUUUCH!

A mochila a jato ganhou vida. Parei de cair e, por meio segundo, me senti suspenso no ar. Notei a floresta tropical tão verde à minha volta, o rio barulhento lá embaixo, o mar ao longe e pensei que não deveria existir nada mais bonito. Depois, comecei a girar no ar como um foguete de garrafa descontrolado, gritando:

— AHHHHHHHHHH!

Ohei pro Eric no topo da cachoeira, e ele me fez um joinha.

— Tá mandando bem, Jesse!

Não estava, não. Eu girava feito um louco — mais um pouquinho e iria vomitar de novo. Mas, depois de trinta segundos fazendo uma imitação perfeita de um balão desamarrado perdendo todo o ar, comecei finalmente a entender como aquilo funcionava. O que veio em seguida foi o melhor minuto da minha vida: eu estava voando pelo Havaí com uma mochila a jato. "Eu estava voando pelo Havaí com uma mochila a jato" — se tem no mundo uma frase mais legal do que essa, não consigo imaginar.

Eu estava me divertindo tanto *voando pelo Havaí com uma mochila a jato* (desculpa, eu só queria dizer isso de novo) que me esqueci do aviso do Eric sobre a coisa piscando. Então, uns cento e cinquenta metros acima de um vulcão, a minha mochila a jato começou a engasgar. Olhei pra trás. Não era o combustível que estava acabando, era a própria mochila que ia desaparecendo e reaparecendo nas minhas costas! Desesperado, procurei por um lugar pra pousar, mas já era tarde demais: a mochila a jato desapareceu de vez.

— Ah, não! Nãããããããããão! — gritei, despencando na direção da cratera do vulcão.

Fiquei tão bravo com o Eric! Cair de um trampolim de mergulho de quatro metros de altura é uma coisa. Cair em uma piscina de lava incandescente é outra bem diferente. Mas, antes de mergulhar na lava, tudo ficou branco e eu me vi parado do lado do Eric no topo da cachoeira de novo.

— Genial, hein?

— Custava me falar o que acontece quando a mochila a jato começa a piscar?

Eric riu e prendeu a mochila a jato dele.

— Vamos lá!

— Eu não ganho uma?

— Ganha, sim. Ela vai reaparecer em cinco, quatro, três, dois...

Outra mochila a jato **surgiu magicamente no lugar**. Eu a afivelei em mim e **nós começamos a voar**. Lá no ar, o Eric explicou a história daquela fase. Um negócio bem tosco sobre aliens que usavam a base naval de Pearl Harbor pra fazer ataques e blá, blá, blá. Não consegui prestar muita atenção porque *eu estava voando pelo Havaí com uma mochila a jato.*

Pousamos em uma praia deserta, encontramos mais mochilas a jato e decolamos de novo. Lá no alto, juntaram-se a nós duas vespas do tamanho de águias. Olhei de relance, nervoso. Uma delas fez contato visual e me encarou.

— O que são essas coisas, Eric?

— Ah, essas são burras. Faz isto aqui. — Ele girou no ar em um círculo por trás das vespas e detonou uma delas.

— Acho que não consigo fazer isso.

— Não é difícil, Jesse. Você só precisa...

Foi quando os olhos da vespa sobrevivente começaram a emitir uma luz vermelha.

— Eric, o que é isso?

— Rápido, levanta!

Eu tentei, mas já era tarde. A vespa me acertou com um *laser*.

— Ai!

Eric explodiu a vespa e me segurou.

— Vamos embora.

Aterrissamos em uma praia de areia negra. Pelo menos eu acho que a areia era negra. Era difícil dizer, porque tudo estava piscando em vermelho.

— Toma aqui. Experimenta isto. — Eric estava me entregando uma maleta com um símbolo da Cruz Vermelha.

Estendi a mão para pegá-la. No momento em que encostei na maleta, ela desapareceu em um piscar de luzes brancas e minha visão clareou. Senti um formigamento quente passando pelo meu corpo.

— Uau, o que foi isso?

— Kit médico. Quando você se machucar, é só encontrar um desses, tá bom?

— Beleza.

— Tá pronto pra continuar?

Eu sorri.

— Vamos nessa.

Eric e eu passamos o dia disparando nossos detonadores pelas trilhas do Havaí. Acabamos com as patrulhas inimigas nas praias, coletamos uns *lasers* pra turbinar os nossos detonadores e derrubamos todas as naves espaciais na base naval. Ao pôr do sol, pousamos em um penhasco com vista pro mar.

— Tá vendo aquela ilha ali, Jesse?

Franzi os olhos.

— É, acho que sim.

— Tem uma coisa muito legal lá. Quer dar uma olhada?

— O que é?

Mas o Eric já tinha atado as fivelas da mochila a jato e pulado do penhasco.

— Você vai ver!

Suspirei, esperei cinco segundos e prendi as fivelas da minha mochila a jato.

— Me espera!

Me apressei pra alcançar o Eric, mas ele já estava uns quinze metros na minha frente. Depois de trinta segundos de voo, a ilha ainda parecia estar a quilômetros de distância.

— Acho que não vamos conseguir! — gritei.

Então vi uma sombra enorme pairar no mar. Aí: *CRIIIIIIIIIIIIC!* Olhei pra cima e avistei um morcego do tamanho de um avião mergulhando no ar pra agarrar o Eric com as suas duas garras imensas.

— Eriiiiiiiiiiic!

Naquele momento, senti garras sendo cravadas bem nas minhas costas.

CAPÍTULO 6

Batalha dos chefões

Os morcegos voaram na direção da ilhota levando a sua carga: eu e o Eric, bem presa nas garras. Ao chegarmos mais perto, a visão de terra firme ficou mais clara. Era apenas uma praia, do tamanho de um pequeno quintal, com uma única palmeira no meio. Quando alcançamos a ilha, os morcegos mergulharam com tudo e — *BUM!* — nos largaram na praia. Voltando na sequência para o céu.

Limpei a areia das minhas roupas dando batidinhas.

— Isso deveria ter acontecido?

— Claro!

Fui na direção do Eric.

— A gente precisa conversar... — Coloquei o meu dedo no peito dele. — Você não pode ficar me surpreendendo com...

Minha voz falhou quando, enquanto eu falava, uma sombra apareceu sobre o Eric. Virei-me devagar pra ver o que poderia ser.

Um monstro de areia. É claro. Por que não?

Ali estava um monstro feito de areia que surgiu do chão. Ele não parava de crescer — primeiro, do tamanho de uma casa de um andar; depois, de dois andares; depois, do tamanho daquelas casas antigas com um sótão enorme em cima. Na cara dele, olhos furiosos e presas gigantescas.

Apontei o dedo na direção do monstro enfurecido.

— Quer me explicar o que é isso, Eric?

— O chefão.

— Como é que é?

— Isto é um videogame. Algumas fases terminam na luta contra o chefão.

— Que papo é esse?

Eric revirou os olhos.

— Se você disparar algumas vezes e acertar um ponto brilhante nas costas ou na barriga dele, ele vai desaparecer e os portais vão surgir.

— Tá bom. Será maravilhoso voltar pra casa, onde as pessoas não ficam me enganando e me empurrando de cima de cachoeiras!

— Tá bom.

— TÁ BOM!

Marchei até a frente do monstro de areia, que rugiu feito um dinossauro.

— Ui, ui, estou com tanto medo... — E disparei contra a boca dele. — O que você vai fazer, me devorar? — Recarreguei na potência máxima e atirei na barriga do monstro.

Ele caiu pra trás, gritando, e depois ficou ainda maior e mais zangado.

— Vá em frente! Me devora! Não vai doer! Eu volto aqui e a gente começa tudo de novo, porque isto é um videogame e videogames são BABACAS!

— Ah, fica quieto! — Eric gritou de onde estava.

— O que foi?

— Dá um tempo. Tá na cara que você tá se divertindo.

— Tô, é? Sabe o que seria divertido? — Desviei-me de uma bola de areia pontuda que o monstro jogou em mim. ("É areia", você pode estar se perguntando: "Areia é macia. Como que uma bola de areia pode ser pontuda?" Eu sei disso, tá bom? Videogames são tão bobos...) — Ter um amigo de verdade que me explica as coisas e me deixa decidir o que quero ou não fazer sozinho!

Eric disparou nas costas do monstro, que caiu de novo.

— O quê? Agora eu não sou um amigo de verdade?!

O monstro cresceu tanto que eu não conseguia mais ver o Eric, então só comecei a gritar na direção da barriga do monstro, torcendo pra que o Eric pudesse me ouvir lá do outro lado:

— Não sei. Amigos de verdade confiam uns nos outros!

Eu consegui escutar o Eric recarregando o detonador. Recarreguei o meu também.

— Amigos de verdade se conhecem bem, Jesse. E este amigo aqui sabe que você nunca quer se divertir ou decidir as coisas sozinho. Então às vezes ele precisa te dar um empurrãozinho.

— Bom, talvez você não me conheça tão bem quanto acha que conhece!

Disparei na barriga do monstro. Sem que eu soubesse, o Eric disparou nas costas ao mesmo tempo. Em câmera lenta, o monstro olhou pra mim, depois se virou pro Eric. Foi aí que uma coisa engraçada aconteceu. A cabeça dele começou a se contorcer de um jeito estranho. Enquanto o monstro virava a cabeça de um lado pro outro, olhando pra mim e pro Eric, ele começou a rugir. Ou pelo menos tentou.

— RO-RO-RO-RO-RO-RO.

Parecia um cortador de grama tentando pegar no tranco.

— RO-RO-RO-RO-RO-RO.

De repente, o monstro de areia e a ilha desapareceram. Tudo sumiu, e nós fomos parar em uma sala azul que brilhava.

Na parede começaram a aparecer palavras, como se estivessem sendo digitadas.

ERRO 2302. ATIVAR PROTOCOLO HINDENBURG?

— SIM

— NÃO

— Eric, o que é o protocolo Hindenburg?
A cara dele estava meio branca.
— Não sei.
— Como assim você não sabe?
— É que nunca tinha acontecido nada parecido antes.
— Será que é melhor clicar no "NÃO"?
— É, acho que sim.
Fui até a parede e cliquei no "NÃO".
A mensagem desapareceu. Eu e o Eric nos olhamos e esperamos que algo acontecesse. Aí, a mensagem apareceu novamente.

ERRO 2302. ATIVAR PROTOCOLO HINDENBURG?

— SIM

— NÃO

— Pelo jeito, não temos escolha, Jesse.
Eric clicou no "SIM" e a sala desapareceu. A ilha e o mar voltaram, mas não tinha mais monstro.
— Isso foi estranho — comentei.
— É. Bem estranho.
Três portais começaram a surgir do chão bem na nossa frente.

— Por que não vamos juntos pra casa, Jesse?

Andamos na direção do portal do meio — o portal CASA —, mas de repente ele parou de subir. Tinha algo errado. Os dois outros portais estavam piscando com luzes azuis e roxas, como antes, mas o portal do meio não.

O portal do meio estava cinza. E bloqueado.

CAPÍTULO 7

Dia do Mark

— E agora?

Eric deu um passo para trás.

— Eu... eu não sei.

— Estamos presos?

— Não... quer dizer... Com certeza tem uma saída.

— Ah, sério? — Disparei contra a porta trancada. Nada. Joguei uma granada nela. Não fez nem um arranhão. Depois, disparei no Eric. Ele reapareceu do outro lado da ilha. Comecei a marchar em sua direção. — Isso tudo é culpa sua!

Disparei de novo contra ele, que desapareceu e tornou a aparecer.

— E agora o que vamos fazer? — outro disparo. — Ninguém sabe que estamos aqui! — DISPARO. — E, mesmo se alguém soubesse, o que poderia fazer? Reiniciar o jogo e apagar a gente? — DISPARO. — Temos um passeio da escola na semana que vem, para o centro de ciências, e eu quero muito ir! — DISPARO. — Isso... — DISPARO. — ... é... — DISPARO. — ... tudo... — DISPARO. — ... culpa... — DISPARO. — ... sua! — DISPARO. DISPARO.

No final do meu discursinho, Eric estava com a cabeça pendurada, mas eu não parava de disparar contra ele, matando seu personagem no videogame um monte de vezes.

— Desculpe... — ele acabou dizendo.

Olhei pro Eric e disparei outra vez.

— Isso tudo é culpa minha. Eu não devia ter te trazido pra cá sem perguntar antes — ele desabou na areia.

Sentei ao seu lado.

— Não, não devia mesmo. Mas eu poderia ter saído e escolhi continuar. Então, acho que estamos juntos nessa.

Eric não me respondeu. Desanimado, ele começou a desenhar uma carinha triste na areia. Só que meu amigo é um péssimo desenhista, então a carinha ficou parecendo uma pizza derretida.

— Vamos — eu o ajudei a se levantar. — Temos de achar um jeito de sair daqui.

Passamos pelo portal JOGAR DE NOVO e retornamos ao topo da cachoeira do começo da fase.

— Tá — eu disse. — Quando entramos no videogame, parecia que estávamos caindo, né? Então, talvez a gente só precise voar o mais alto possível com as mochilas a jato pra conseguir escapar.

Eric balançou a cabeça.

— Não vai dar certo, Jesse. Vamos dar com a cabeça no teto.

Olhei pro céu azul, sem nuvens, acima de mim.

— Que papo é esse, seu desmancha-prazeres? Que teto?

— O mundo é grande demais pra caber dentro de um videogame, Jesse. Então os programadores fazem parecer que as fases são infinitas, mas colocam paredes e tetos invisíveis pra impedir que a gente fuja do roteiro.

Lembrei da cerca invisível nas rochas.

— Sim, mas talvez tenha um portal escondido em algum lugar. Eric deu de ombros.

— Bom, pega uma mochila a jato e vamos conferir!

Examinamos cada centímetro da nossa ilha havaiana de mentira. Eric tinha razão: era bem menor do que eu pensava. Em uma só tarde, voamos de mochila a jato por todos os quilômetros de floresta tropical, fizemos trilhas em cada praia e até subimos ao topo de um vulcão. Nada de portais escondidos. Na base naval de Pearl Harbor, enquanto procurávamos uma nave espacial desbloqueada que pudéssemos usar para escapar, o Eric se abriu:

— Você acha que vão fazer um Dia do Mark pra gente na escola?

Mark Whitman era um garoto da nossa sala que tinha **desaparecido** no mês anterior. Havia boatos de que ele tinha se afogado tentando cruzar o Rio Mahoning depois da tempestade. Toda a comunidade se reuniu para tentar encontrá-lo — trouxeram até aqueles botes especiais para subir e descer o rio. Como as pessoas não conseguiram encontrar o corpo dele nem nas duas semanas seguintes, decidiram fazer um velório na escola. Colocaram uma foto enorme do Mark no palco, aqueles grandes olhos azuis dele ficaram nos encarando enquanto um monte de gente subia lá pra dizer coisas bonitas a seu respeito. Aí, pudemos ir pra casa mais cedo. Lembro que fiquei triste, mas também um pouco animado por ter mais um dia de folga. Depois, fiquei bravo comigo mesmo pela animação.

— Deixa disso, Eric. Não vai ser assim.

— Acontece que você não falou para os seus pais aonde você estava indo, falou?

Fiquei em silêncio.

— E os meus pais só ficariam fora por uma ou duas horas. Eles não têm nem ideia. Faz quanto tempo que estamos aqui? Metade de um dia? Um dia inteiro? Eles já devem estar procurando a gente.

Talvez o Eric tivesse razão. A minha mãe provavelmente acharia que eu fui sequestrado, o meu pai diria que eu e o Eric estávamos nos escondendo no bosque. Olhei de volta pro Eric. Parecia que ele ia começar a chorar.

— Levanta, Eric, vamos voltar pra Ilha do Monstro de Areia.

Pulamos do mesmo penhasco de antes, sobrevoamos o mar de mochila a jato e deixamos os morcegos gigantes nos levarem de volta para a ilha. E, como era de esperar, o monstro de areia estava lá a nossa espera. Nós nos unimos e ganhamos dele rapidinho. Dessa vez, ele não entrou em pane quando o derrotamos. Ele só gritou e desapareceu pra dentro da ilha. No lugar do monstro, os portais reapareceram. Mas agora, em vez de três, havia quatro portais.

— É isso aí! — apontei para o quarto portal. — É a nossa saída!

Eric balançou a cabeça.

— Não, esse manda a gente de volta para as fases anteriores — ele olhou com mais atenção o portal CASA. — Espera aí. Dá uma olhada nessa coisa!

Corremos até o portal CASA. Ainda **estava** cinza e bloqueado, mas agora, em cima do cadeado, **estava escrito** "FASE 20".

— O que isso significa, Eric?

Ele se virou e sorriu.

— Tem vinte fases neste jogo.

— Tá.

— Jesse, esta porta só vai abrir quando **a gente zerar** o jogo!

CAPÍTULO 8

Senhora Liberdade

Não sou muito fã de abraços, mas dei no Eric o maior abraço de urso da minha vida.

— UHU!!!

Foi um abraço meio estranho, porque os nossos detonadores bateram um no outro, mas a gente nem ligou. Atravessamos correndo o portal da FASE 3 e aconteceu de novo aquela coisa da queda livre no escuro. Acho que acabei me acostumando com aquilo, porque quase não me deu vontade de vomitar daquela vez. Quando paramos de cair, olhei pra cima e vi a Estátua da Liberdade bem diante de mim.

— Eric, me conta o que vai acontecer aqui.

— Essa é boa! — Ele estava todo animado. — Olha, todos os aliens da cidade de Nova York acham que conseguiram prender você na Ilha da Liberdade. Mas o que eles não sabem é que a Resistência transformou a Estátua da Liberdade em um foguete! Você precisa atrair os aliens para dentro da estátua, subir até o topo dela e fugir de mochila a jato no instante em que a Senhora Liberdade arremessar os aliens pra Lua!

Encarei o Eric de boca aberta. Por fim, eu disse:

— Tá bom, nunca mais quero ver você zoando minha coleção de cartas de beisebol, porque essa é a coisa mais ridícula que eu já ouvi.

Ele continuou me enchendo:

— Mas, fala sério, é legal, não é?

— Legal a Estátua da Liberdade ser um foguete? Não. É idiota.

Eric deu de ombros.

— Gosto é gosto.

— Então, como vamos fazer isso?

— O problema é que só tem uma mochila a jato lá em cima, e não vamos ter tempo suficiente para esperar por outra antes de a Estátua da Liberdade sair voando.

— Espera aí. Essa frase não soa estúpida? "Antes de a Estátua da Liberdade sair voando"? Acho que a gente precisa parar um segundo para você admitir como isso é ridículo.

Eric revirou os olhos.

— Eu vou correndo na sua frente e abro as portas. Você espera cinco minutos, soa o alarme para atrair os aliens e corre feito um louco até lá em cima com eles nos seus calcanhares. Estarei à sua espera com a mochila a jato e nós sairemos voando juntos em direção ao pôr do sol. Parece um bom plano?

— É. Eu sempre quis ver a Estátua da Liberdade voar até a Lua com um bando de aliens dentro.

Eric sorriu.

— Não é mesmo? Eu também!

Com isso, ele correu até a estátua e desapareceu lá dentro. Depois de cinco minutos contados, apertei o botãozão vermelho que estava ao meu lado, no qual, para ajudar, estava escrito "ALARME".

UÉÉÉÉÉÉÉÉÉÉÉÉÉÉÉÉÉÉÉÉÉ.
UÉÉÉÉÉÉÉÉÉÉÉÉÉÉÉÉÉÉÉÉÉ.
UÉÉÉÉÉÉÉÉÉÉÉÉÉÉÉÉÉÉÉÉÉ.

Soou um alarme bem alto e os olhos da Estátua da Liberdade começaram a ficar vermelhos e brilhantes. Não demorou nada para os aliens aparecerem. Eles começaram a surgir de todos os lados da ilha. Todos os tipos de aliens brotaram da água — alguns velhos conhecidos, como os louva-a-deus e as vespas, e outros novos, inclusive umas imitações de Transformers e um homem de mola maluca. Disparei em todos os que consegui e quando achei que já não era mais capaz de dar conta da quantidade de aliens corri para dentro da escultura.

Eu tinha visitado a Estátua da Liberdade uns anos antes, durante as férias que passei com a minha família em Nova York; então achei que saberia como era do lado de dentro. Assim que entrei no saguão, porém, percebi que os desenvolvedores do jogo tinham tomado algumas, digamos, "liberdades criativas". Aquele não era mais um saguão simples com uma longa escada em espiral. No lugar, encontrei um monte de plataformas e cordas complicadas.

— Tá de brincadeira! — gritei antes de escalar a primeira plataforma.

Dali, pulei na escultura em chamas no meio do saguão, depois, para a terceira plataforma. Subi por uma corda até o quarto terraço, e foi então que descobri um problema: a minha próxima plataforma estava do outro lado da estátua. Pensei em voltar pela corda para procurar outro caminho, mas o saguão do andar de baixo já estava cheio de aliens. Na verdade, uma multidão deles começou a passar pela porta, amontoando-se um por cima do outro na minha direção. De onde eu estava, a coisa toda parecia uma onda vindo para me engolir. Se eu não me mexesse logo, viraria comida de ET. Lembrei que eu simplesmente voltaria ao início da fase se caísse no poço de aliens estridentes e desengonçados, mas fiquei aterrorizado mesmo assim.

Respirei fundo e me lembrei de algo que aprendi durante o meu treinamento. "Certo, verme", o sargento me disse, "quando passar por um grande poço, dispare o seu detonador no chão enquanto pula pra ganhar impulso extra." "DO QUE É QUE VOCÊ TÁ FALANDO?", gritei pra ele na ocasião.

Naquele momento eu entendi! Respirei fundo, pulei o mais longe que consegui e disparei o detonador dentro do poço no instante em que comecei a cair. Funcionou! A explosão me ergueu o suficiente para chegar ao outro lado. Continuei escalando, pulando e detonando por todo o meu caminho, até o topo da Estátua da Liberdade, com a multidão de aliens se aproximando cada vez mais de mim. Na aula de educação física, nunca fui o melhor na barra (e quando digo "nunca fui o melhor" significa que eu era incapaz de fazer qualquer coisa além de ficar pendurado na barra feito um macarrão cozido), mas consegui escalar cada terraço sem problemas, graças ao meu novo braço detonador mecânico poderoso.

Quando cheguei ao topo, tenho de *dizer*, eu começava a me divertir. Abri a porta e subi correndo o último lance de escadas da coroa da Estátua da Liberdade.

— Beleza, Eric, vamos dar um fim nisso! (Não sei de onde eu tirei esse lance. "Dar um fim nisso" era algo que eu nunca diria na vida real, mas parecia maneiro para um herói de videogame.)

Parei no meio do caminho ao olhar na direção do meu amigo. Ali estava o Eric usando uma mochila a jato e apontando o detonador para mim. Por algum motivo, ele também usava uma máscara de gás.

Ah, e outra coisa: o braço direito dele estava comprido, cinza e melequento.

SALVANDO...
NÃO FECHE O LIVRO ENQUANTO O ÍCONE 'SALVAR' ESTIVER NA PÁGINA

CAPÍTULO 9

Tchauzinho

Eric — ou o que quer que fosse aquela coisa na minha frente — ergueu a mão com cinco dedos compridos e começou a me dar tchau. Fiquei tão confuso que nem reparei que ele apontava o detonador para o meio dos meus olhos. Então, logo antes de apertar o gatilho, ele se distraiu. Acompanhei o olhar dele. Do meu lado, na superfície brilhante e metálica da parede, dava para ver o reflexo de uma mão saindo de uma caixa e acenando loucamente. O cara com máscara de gás corrigiu a mira, desviando da minha direção e apontando para o reflexo; disparou um *laser* vermelho.

ZZZZZIIIIIIING.

Assim que ele atirou, o Eric pulou para fora da caixa e correu até mim. O cara da máscara de gás atirou no Eric. Ou, pelo menos, tentou atirar, mas acabou acertando no reflexo dele.

ZZZZZIIIIIIING.

— UUUMMMMPF! — eu grunhi quando o Eric de verdade me acertou nas costelas e me derrubou atrás de uma caixa.

Aquela coisa apontou o detonador para nós.

ZZZZZIIIIIIING.

O Eric destruiu a janela que estava do nosso lado. Do chão, consegui sentir os primeiros roncos de um foguete decolando. Ao olhar pela janela estilhaçada, vi que estávamos nos movendo.

— Vem! — E o Eric pulou pra fora da janela.

Antes que eu pudesse dizer a ele que seria muito melhor se estivéssemos com mochilas a jato, o alien rolou para a esquerda pra me dar um tiro certeiro. Respirei fundo, corri e pulei.

ZZZZZIIIIIING.

A boa notícia foi que o alien errou o tiro. A má notícia foi que me vi despencando para a morte. De novo. A Estátua da Liberdade passou como um foguete por mim, e eu pude ouvir os gritos de milhares de ETs descobrindo que estavam ganhando uma carona grátis para a Lua. Então, pouco antes de tudo desaparecer em um clarão de luz, vi uma silhueta que carregava uma mochila a jato voar lá de cima da coroa da Estátua da Liberdade.

— Essa foi mais uma das suas tramoias em que você me conta só metade do plano? — gritei, depois de reaparecermos nas águas da Ilha da Liberdade.

Eric fez que não com a cabeça, tentando se manter na superfície.

— Quando cheguei ao topo da estátua, escutei um barulho atrás de mim. Pensei que fosse você, e que tivesse desistido de seguir o combinado, aí eu me escondi em uma caixa para assustá-lo. Mas no seu lugar apareceu um ET esquisito usando aquela máscara de gás.

— Espera, quer dizer que você nunca tinha visto esse alien no jogo?

— Nunca.

— Isso é sinistro.

— É... Supersinistro. De qualquer jeito, aquela coisa começou a vasculhar a sala, como se estivesse me procurando, aí eu fiquei escondido. Como ele não me encontrou, afivelou a mochila a jato e esperou por você. Percebi que o nosso plano também funcionaria sem as mochilas a jato, então decidi me manter oculto e falar pra você pular da janela quando pudesse.

— Calma aí, quer dizer que acenar feito um louco era o seu jeito de me dizer para pular da janela?

— Claro. Não estava óbvio?

Fiz uma careta pra ele.

— Desculpe, eu não conheço o sinal para "pule da Estátua da Liberdade". Bom, deu certo, não deu?

— Tá. Podemos acabar logo com isso antes que mais aliens sinistros apareçam de surpresa?

— Só se for agora.

Nadamos até a margem da Ilha da Liberdade o mais rápido que conseguimos. Como não somos os melhores atletas do mundo e tínhamos os detonadores presos a um dos braços, aquele nado deve ter sido o mais lento, patético e desengonçado que o mundo já viu. Quando finalmente chegamos à margem, nos chacoalhamos para tirar um pouco da água do corpo e caminhamos até os portais luminosos que tinham aparecido no lugar da Estátua da Liberdade.

Eric foi o primeiro a passar pelo portal da FASE 4.

UUUUUUUUCH!

Depois foi a minha vez.

UUUUUUUUCH!

E, à medida que eu caía pela escuridão, pude jurar que ouvira o som de uma terceira pessoa entrando pelo portal.

UUUUUUUUCH!

CAPÍTULO 10

Capitão Eric

— Eu dirijo!

— Dirige o quê? — perguntei, olhando em volta para entender onde tínhamos pousado daquela vez.

Ah. Maravilha. Um pântano. Um pântano lodoso e fedorento. Ergui a perna. *CHHHHHHHHHHHHUEC*. Horrível. Eu estava com os pés afundados em quinze centímetros de meleca, o que significava que teria que andar com as meias molhadas o dia todo. Eu posso encarar neve, posso encarar vulcões, posso encarar até monstros de areia do tamanho de casas. Mas não posso encarar meias molhadas.

— EU DIRIJO! É MEU! — Eric não estava com as meias molhadas porque ele não fora teletransportado para o pântano. Ele tinha ido parar em um tanque futurístico a uns três metros de distância e gritava a plenos pulmões.

— Sem chance! Essa coisa vai encalhar em dois segundos!

— Este tanque aqui, não! — E Eric desapareceu dentro da máquina; em instantes, o tanque voltou à vida fazendo um barulhão.

VRÁÁÁÁÁÁÁÁÁÁÁÁÁÁÁÁÁ!

O tanque se ergueu uns trinta centímetros do chão com a ajuda de quatro foguetinhos que ficavam na parte de baixo.

Eric levantou a cabeça de novo.

— Não é o máximo, Jesse?

— Ei, eu quero dirigir isso!

POTÊNCIA MÁXIMA
Tanque de Travessia — VEÍCULO

CONTROLES

| ANDAR | SEGURE **A** PRESSIONE | APERTE **B** ATIRAR | APERTE **L R** DESVIAR |

— Devia ter falado antes de eu dizer que era meu, Jesse. Mas você pode atirar com o canhão. É bem maneiro também.

Cruzei os braços.

— Ah, é sério?

E bem nessa hora os olhos do Eric se arregalaram. Ele pegou o canhão, girou para o outro lado e disparou em algo bem atrás de mim. Eu me virei bem a tempo de ver um crocodilo alienígena de seis metros de comprimento que tinha acabado de sair do pântano desaparecer. Eu tinha que admitir: aquilo era bem maneiro.

— Você vai entrar aqui ou prefere virar comida, Jesse?

Revirei os olhos, saltei no tanque e subi **até o topo**.

— É isso aí! — disse Eric, com uma saudação. — Agora que você está a bordo da minha embarcação, exijo que me trate apenas como capitão Eric.

— Sua embarcação? Prefiro me arriscar com os crocodilos.

— Isso não é jeito de falar com o seu superior, marinheiro Jesse.

Virei o canhão para o outro lado e disparei no Eric, que foi vaporizado e reapareceu no banco do motorista.

Ele balançou a cabeça, aceitando a derrota.

— Tudo bem, tudo bem — então ele apertou uns botões e segurou o volante. — Vejamos o que esta coisa consegue fazer!

O que aquela coisa conseguiu fazer foi ir de zero a cem quilômetros por hora em menos de um segundo.

— AHHHHHHHHHHH! — gritei, quase deslocando o braço que manuseava o canhão. Fui lançado de volta na meleca, fazendo um *CATAPLOFT* enorme. Agora, além das meias molhadas, eu também ia passar o dia de cueca molhada.

Subi de volta e apontei o canhão para o Eric.

— Cuidado, capitão.

Ele foi mais devagar e, quando encontrou **uma clareira grande o suficiente**, eu não resisti e fiz um buraco **com** um tiro de canhão.

Depois, paramos com as distrações para atravessar a fase. Após cinco minutos tentando, sem sucesso, mirar nos aliens enquanto Eric fazia manobras para a frente e para trás, entendi por que não deixam garotos de onze anos dirigir carros e por que JAMAIS nos deixariam dirigir tanques.

— Será que dá pra guiar em linha reta por um segundo, Eric?

— Tô tentando!

TUM!

— E pare de bater nas árvores!

— Ou eu sigo em linha reta ou desvio das árvores, não dá pra fazer os dois!

Lamentei quando outro crocodilo pulou para fora do pântano e nos engoliu. Reaparecemos no início da fase pela quarta vez.

— Sai daí — eu ordenei.

— Não, espera, eu consigo...

— Sai logo.

Eric bufou de raiva e trocou de lugar comigo. Eu sorri.

— Agora eu dirijo e exijo que você me trate apenas como capitão Jesse.

Ele disparou em mim. Depois que eu reapareci, recomeçamos. Na verdade, eu não dirigia muito melhor que o Eric, mas, como ele atirava bem melhor que eu, passamos pela fase rapidinho. Eric comemorava sempre que explodia um alien, e eu festejava sempre que conseguia usar um tronco caído como rampa. Eu estava me divertindo muito. Em *Potência Máxima*. Se dirigir um carro for um pouquinho parecido com dirigir um tanque, os adultos deveriam se sentir muito mais felizes na estrada do que demonstravam.

A mata acima de nós foi ficando cada vez mais fechada até ficarmos cercados por um pântano próximo a escuridão total.

— E agora, Eric?

— Esse é o chefão.

— A gente não deveria estar vendo o chefão?

— É um crocodilo de olhos brilhantes que clareia tudo quando surge no pântano.

— Que ótimo.

Esperamos em silêncio por um minuto. Nada.

— Ei, Eric.

— O que foi?

— Chefão maneiro.

— Ele já deveria estar aqui, sempre aparece bem rápido...

— Bom, talvez a gente precise de uma chave ou algo assim.

Eric me olhou com desdém.

— Uma *chave*? O que uma chave faria pra ajudar a gente a encontrar um crocodilo no meio do pântano? Isso não faz nenhum sentido.

— Ah, foi mal. Não sabia que um jogo que transforma a Estátua da Liberdade em um foguete precisava fazer algum sentido.

— Deixa pra lá. Acho que dá pra gente ver se deixou passar alguma coisa.

Virei o tanque para o outro lado e comecei a dirigir devagar em direção ao pântano escuro. Foi então que ouvimos um barulho sibilante à frente.

sssssssssSSSSSSSSssssssss.

— O que é isso, Eric?

— Nem imagino.

sssssssssSSSSSSSSsssssssseeeeee.

— Shhhhh, escuta.

Era um som estranho, parecia quase uma voz sibilante. Ou, na verdade, várias vozes.

eSSSSSSSSssssssssssse.

— "Esse"? — eu me virei pro Eric. — É isso que eles estão dizendo?

EEEEErrrrrrrrrreeeeeeeeeeeec.

Caaaaaaaapitã EEEEEEEErrrrreeeeeeeec.

Meu estômago deu um nó. Jesse. Capitão Eric. Eles estavam dizendo os nossos nomes.

SALVANDO...

NÃO FECHE O LIVRO ENQUANTO O ÍCONE 'SALVAR' ESTIVER NA PÁGINA

CAPÍTULO II

Corrida de velocidade

Aqui vai a lista completa de coisas mais assustadoras do que ouvir aliens dizendo o seu nome em um pântano escuro:
1. Nada.
Ponto-final. Nada pode ser mais assustador do que isso.
eSSSSSSSssssssssssseeeee.
EEEEErrrrrrrrrreeeeeeeeeeeec.
eSSSSSSSssssssssssseeeee.
EEEEErrrrrrrrrreeeeeeeeeeeec.
Desesperado, Eric começou a disparar para a frente feito um louco. Não adiantou. Serviu só pra deixar as vozes ainda mais altas.
eSSSSSSSssssssssssseeeee.
EEEEErrrrrrrrrreeeeeeeeeeeec.
eSSSSSSSssssssssssseeeee.
EEEEErrrrrrrrrreeeeeeeeeeeec.
Coloquei o tanque em marcha a ré e começamos a voltar devagar, em silêncio, para a área do chefão. Não demorou muito para chegarmos àquele local escuro, e as vozes pareciam estar mais perto do que nunca.

eSSSSSSSSsssssssssssseeeee.

EEEEErrrrrrrrrreeeeeeeeeeeec.

Senti a mão do Eric no meu ombro. Tentei consolá-lo:

— Eu sei, cara. Nós vamos descobrir um jeito de sair daqui.

— Mas como?

A voz do Eric pareceu distante. Não distante como se ele estivesse distraído com seus pensamentos ou algo assim, era como se ele estivesse mesmo a alguns metros de distância de onde eu me lembrava. Olhei para a mão no meu ombro. Os meus olhos tinham começado a se acostumar com a escuridão e pude perceber que aquela mão era maior do que eu esperava que fosse.

— Eric?

Um rosto chegou bem perto do meu. Era o rosto de um adulto que tentava me silenciar fazendo um barulho de "shhhh" com o dedo na boca.

Eu não fiz "shhh". Eu fiz o contrário de "shhhh":

— AHHHHHHHHHHHHHH!

De repente, as vozes pararam. Então, dois olhos brilharam no pântano, iluminando o nosso tanque — primeiro, iluminaram a mim, e então, ao Eric, e nós gritamos como se fôssemos um coral de criancinhas assustadas. E os olhos iluminaram um homem nervoso que me arrancava do volante; iluminaram um exército de aliens que bloqueava o nosso caminho pelo pântano; e iluminaram o líder: o cara com a máscara de gás.

O ladrão do nosso tanque saiu dirigindo com fúria em direção ao exército. O crocodilo brilhante diante de nós abriu a boca para comer todo mundo.

— Segurem firme! — o homem gritou para mim e para o Eric.

Um nanossegundo antes de o crocodilo nos devorar, o homem apertou vários botões e o nosso tanque rolou para longe daquela boca.

— Você não me falou que a gente podia fazer isso! — gritei pro Eric.

— Eu não sabia que dava pra fazer isso!

Depois que tínhamos escapado, por pouco, do crocodilo brilhante, fomos parar atrás dele, nos infiltrando no exército.

— Não atirem em nada! — ordenou o homem.

Parecia difícil não atirar em nada, já que os aliens estavam agarrando o tanque e tentando subir nele. Mas antes que qualquer um dos ETs conseguisse se aproximar demais, o nosso motorista encontrou um tronco para usar como rampa e apertou os propulsores em pleno ar, o que transformou nosso tanque em um míssil voador. Enquanto disparávamos em cima da cabeça dos nossos agressores, o motorista fez a máquina rolar de novo para sacudir pra fora do tanque os aliens que tinham sobrado. Pousamos na água fazendo um barulhão e seguimos de volta para o início da fase com os aliens atrás de nós.

Eric e eu tínhamos dirigido com a graciosidade de uma vaca louca, mas aquele homem andava pelo pântano como se fizesse aquilo todos os dias. Sempre que um novo crocodilo pulava para fora da água, ele já estava preparado para golpear ou para realizar uma manobra diferente. Mas além dos novos aliens que pulavam para fora da água na nossa frente, o exército atrás de nós tinha se reagrupado e vinha ganhando terreno.

Assim que os ETs começaram a se pendurar novamente no tanque, o nosso motorista virou o volante com tudo para a direita e entramos em um caminho estreito que eu não notara na primeira vez em que andamos pela fase. O caminho nos levou para dentro de um pequeno pântano sem saída. Nós estávamos presos — a nossa única esperança seria dar a volta e tentar pular por cima do exército outra vez. Porém, o motorista não parecia interessado em desacelerar. Pelo contrário, ele acelerou. E foi direto para uma pedra.

— AHHHHHHHHHHHHH! — eu e o Eric gritamos, de olhos fechados, segurando um ao outro, esperando pelo impacto.

Mas, em vez de bater na pedra, passamos com o tanque por dentro dela.

Quando vi que não tínhamos explodido nem virado uma bola de fogo gigante, abri os olhos. Continuávamos seguindo pela escuridão — escuridão total. Eu não conseguia ver que tipo de terreno havia abaixo de nós, mas percebi que, acima de nós, parecia o pântano.

O homem tinha nos levado para algum lugar abaixo da fase.

Passados alguns minutos, reaparecemos em cima, mas não estávamos mais no pântano. Fomos parar dentro de uma cachoeira no Havaí. Nosso motorista não reduziu a velocidade. Ele foi dirigindo direto para o mar, passou por baixo da fase de novo e apareceu no muro coberto de hera do lado de fora do estádio de Wrigley Field, em Chicago. Dirigimos feito uns loucos pelas passagens secretas, entrando e saindo de tudo quanto era lugar: a ponte Golden Gate, o Deserto de Nevada e o calçadão de Atlantic City.

Por fim, no fundo do Grand Canyon, fizemos uma parada. Pela primeira vez desde que os aliens tinham começado a dizer os nossos nomes, tudo estava em silêncio. O motorista estacionou o tanque e se virou para dizer algo para mim e para o Eric. Mas, antes que ele conseguisse falar uma palavra, o cara da máscara de gás pulou atrás dele e o segurou pelo pescoço.

Ergui o meu detonador. Os olhos do nosso motorista se arregalaram.

— NÃO ATIR.....

Eu atirei.

O tempo literalmente desacelerou. O alien conseguiu desviar do meu tiro inclinando quase metade do corpo para trás. Então, quando o disparo já estava passando por cima do corpo dele, o alien ergueu uma mão e o tiro estourou o dedo dele. Antes de entendermos o que acabara de acontecer, o tempo voltou ao normal e o alien voltou o corpo para a posição anterior.

Ele olhou a própria mão, deu um tchauzinho com os quatro dedos restantes e saiu voando feito um raio para o céu.

O nosso motorista, agora caído no chão, levantou e balançou a cabeça.

— Você não tem ideia do que acabou de fazer.

CAPÍTULO 12

Código-fonte

O motorista nos levou para dentro de uma caverna e estacionou o tanque de novo.

— Certo, Jesse e Eric, o que vocês estão fazendo aqui?

Eric ergueu as mãos.

— Como é que todo mundo sabe o nosso nome neste lugar?!

O homem olhou pra ele com uma cara misteriosa.

— Bom, *eu* sei como vocês se chamam porque estivemos na escola juntos.

— Você não parece nenhum dos nossos professores.

— Eu não era um professor. Era um colega de turma.

Foi quando notei os olhos mega-azuis do homem. Em toda a minha vida, eu só conhecera uma pessoa com olhos tão azuis.

— Mark? Mark Whitman?

Ele deu um sorriso triste.

— Eu mesmo.

Mark Whitman. Até que dava pra notar que era ele. Sabe aqueles cartazes de desaparecidos em que a imagem é envelhecida uns vinte anos para dar uma ideia de como a pessoa seria com o passar do tempo? Era assim o Mark que eu via diante de mim, só que com um monte de músculos e um braço detonador.

Eric mal conseguia acompanhar.

— Mas, mas, mas, mas, mas você não se afogou?

Mark ergueu a cabeça.

— Se eu me afoguei?

— Todo mundo pensou que você havia se afogado no rio.

— Sério? Quem vai nadar depois de uma tempestade?

— Pois é!

— Não, eu estava jogando *Potência Máxima* e fui puxado para dentro.

— A gente também!

— Tá, mas por que vocês ainda são adolescentes?

Não sabíamos o que dizer. Por fim, Eric quis saber:

— Por que você tá velho?

— Porque estou aqui faz vinte anos.

Eric quase caiu do tanque.

— O quê?! Faz só um mês que você está desaparecido!

— Como é que é?!

Eric e eu contamos ao Mark tudo o que acontecera desde o seu desaparecimento: as buscas no rio, a foto dele na escola, o Dia do Mark.

— Então eu consegui meio dia de folga pra vocês?

— É, mas não foi uma folga boa, porque todos estavam tristes.

— E vocês têm certeza de que eu sumi faz só um mês?

Nós dois confirmamos.

— Que ótima notícia! Isso significa que o tempo real passa muito mais devagar do que o tempo do videogame. E, se nós conseguirmos encontrar um jeito de sair daqui, eu poderei ver meus pais antes de eles virarem avós!

Agora era a minha vez de perguntar:

— Como assim "encontrar um jeito de sair daqui"?

Mark ligou o tanque de novo.

— Tenho uma coisa pra mostrar a vocês.

Atravessamos a parede do fundo da caverna com o tanque. Enquanto passávamos pelas outras fases, Mark foi explicando que todo videogame tem uns atalhos acidentais que permitem cruzar paredes e cenários inacabados. Há um pessoal chamado de "ligeirinho" que compete para encontrar essas falhas e ganhar o jogo em tempo recorde. Ao longo dos anos, Mark acabou localizando todos os atalhos acidentais do *Potência Máxima* e fazendo uma casa debaixo do mundo do jogo, onde os aliens não conseguiam encontrá-lo.

Fomos parar de volta no Deserto de Nevada. Dirigimos pelo começo da fase, contornando os limites do campo de força. De repente, Mark virou o volante com tudo para a esquerda e passamos por um buraco invisível na parede que também era invisível. Depois de dirigir por um deserto infinito por mais de quinze minutos, demos de cara com um enorme prédio preto. Parecia um depósito, mas se estendia por vários quilômetros.

Mark pulou para fora do tanque.

— Venham.

Ele segurou a maçaneta de uma porta deslizante gigantesca e ela fez um *creeeeeec* para abrir. Quando entramos, as luzes tremiam e automaticamente iluminavam o caminho à nossa frente. Elas clarearam filas e mais filas de gaveteiros e telas de TV (daquelas grandes, de tubo), além de peças de metal abandonadas.

— O que é isso, Mark?

— O código-fonte, Jesse. — E Mark nos guiava adiante. — Todos os arquivos que fazem este jogo funcionar estão aqui.

— Maneiro! — Eric socou o ar. — Então devemos conseguir achar um que possa nos tirar daqui, né?

Mark fez que não.

— Procurei um tempão por um comando que eu pudesse usar, tipo o meu próprio CTRL + ALT + DELETE, para cair fora deste lugar, mas não é assim que funciona. Depois de muitos anos fuçando cheguei à conclusão de que a única forma de sair é pela Fase 20.

— E qual é o problema? — Eric sorriu. — Eu passei da Fase 20. Não é tão difícil.

Mark parou no fim de um beco sem saída. Essa parte do depósito parecia ter sido destruída por alguém tentando desesperadamente encontrar alguma coisa. As luzes ali piscavam de um jeito sinistro. Os arquivos e as imagens tinham sido pendurados de qualquer jeito na parede. Havia até um fio vermelho ligando tudo, como vemos naqueles filmes policiais.

Mark apontou para a parede.

— Aqui está o problema.

No topo da parede — em cima dos arquivos, das fotos e do fio vermelho — tinha duas palavras rabiscadas com tinta spray. Duas palavras que nós já tínhamos visto:

"PROTOCOLO HINDENBURG"

Abaixo daquelas palavras estava pendurada uma máscara de gás já bem conhecida.

CAPÍTULO 13

O protocolo Hindenburg

— Hã? O que é o protocolo Hindenburg? — perguntei, tentando seguir aquele fio em zigue-zague.

Mark balançou a cabeça.

— É o que vai garantir que você nunca saia daqui vivo — ele se virou para uma das tvs velhas e a fase do Havaí apareceu na tela. — Ao sobrevoarem essa fase vocês prestaram atenção em todos os detalhes? Não só no fato de ter árvores, mas em todos os tipos de árvore? São sessenta e sete para ser exato. Sessenta e sete tipos diferentes de árvore, cada uma com milhares de folhas, que fazem um movimento diferente com o vento. E vocês notaram os grilos? Não só o som deles, mas os grilos, as moscas e os mosquitos de verdade que voam por lá? Vocês têm ideia de como é difícil inserir esse nível de detalhe em um videogame?

— Deve ser bem difícil... — Eric virou a cabeça de lado.

— É impossível — Mark afirmou. — É impossível fazer isso.

— Ceeeeerto, então por que...

— É impossível porque, mesmo se você tivesse tempo suficiente para programar todas essas árvores e esses insetos, estaria criando dores de cabeça infinitas para resolver. Quanto mais tralhas enfia em um jogo, mais coisas podem dar errado.

— Como panes e bugs — o Eric completou.

— Exato. Todo desenvolvedor de videogame do mundo está tentando criar jogos que façam você pensar que eles são mais complexos do que de fato são. Todos os desenvolvedores, menos esses caras aqui. A equipe do *Potência Máxima* fez o contrário ao criar este jogo — Mark deu uma batidinha na máscara de gás que estava na parede e apertou um botão na TV.

O aparelho mostrou o começo da fase do Havaí de novo, mas dessa vez focou em um mosquito. O mosquito voava feliz, pra lá e pra cá, procurando alguém para incomodar. Assistimos ao mosquito em silêncio por um minuto inteiro (o que parece uma eternidade quando você está observando um mosquito) antes de o Mark abrir a boca para falar:

— Notaram algo estranho?

— Eu notei. — Eric torceu o nariz. — Estamos vendo um mosquito na TV em vez de tentar ganhar o jogo.

Mas eu notei uma coisa.

— Espera, isso aí é...

Levou um tempo para que eu percebesse, mas o mosquito estava crescendo bem diante dos nossos olhos. Começou devagar, mas, conforme os segundos passavam, ele ia ficando maior cada vez mais rápido. Logo atingiu o tamanho de um gato. Depois de mais dez segundos, chegou ao tamanho de uma pessoa. Foi aí que piscou na tela uma luz azul e uma imagem apareceu no canto. Mark pausou o vídeo.

— Já viram isso em algum lugar?

Era o nosso amigo da máscara de gás.

— Aquele mosquito é um bug no jogo. Tenho certeza que ele começou pequeno e os desenvolvedores esqueceram de pôr um limite no quanto ele poderia crescer. Isso é algo que alguém deveria consertar, mas aqui não funciona assim. Os desenvolvedores do *Potência Máxima* criaram uma equipe de limpeza. Esses caras aí. Eles são agentes especiais chamados de Hindenburg.

Mark colocou o vídeo para rodar de novo. O senhor Hindenburg Máscara de Gás examinou o mosquito com um negócio a *laser* e disparou uma rede com seu detonador. O mosquito foi capturado pela rede, mas logo ficou tão grande que rasgou a armadilha.

Agora ele estava do tamanho de um tanque. Em um piscar de olhos, Hindenburg também ficou do tamanho de um tanque e disparou uma rede de metal no mosquito. E, dessa vez, o mosquito ficou enrolado pra valer.

Mark tornou a pausar o vídeo.

— O grande diferencial do Hindenburg é a sua incrível capacidade de aprender. Se ele vê que um mosquito está ficando cada vez maior, ele também cresce; quando o mosquito rasga a rede, ele faz uma rede de metal. Ele consegue fazer qualquer coisa para destruir um bug. Com o protocolo Hindenburg, você pode criar o jogo supremo, porque o mundo vai se construindo e moldando. Qualquer erro pode desaparecer pra sempre, e só fica o que é perfeito.

— Ótimo — comentei. — Então por que ele está tentando fazer a gente desaparecer?

— Porque vocês são bugs.

— Como é que é?

— Vocês fizeram algo para quebrar o jogo?

— Não, só lutamos contra um chefão.

— Vocês dois se uniram para lutar contra um chefão que estava programado para lutar contra um único jogador por vez.

Nós nos encolhemos.

— Isso quer dizer que vocês quebraram o jogo, e agora um Hindenburg vem fazendo de tudo para que isso não se repita.

ESTE JOGO ESTÁ ATIVO
MP MP

JOGO PERFEITO

— O que você fez? — Eric quis saber.

Mark sorriu.

— Descobri como montar naqueles louva-a-deus como se fossem cavalos. Eles não gostaram muito.

— Mas conseguiu escapar do cara com a máscara de gás, não conseguiu?

Mark suspirou.

— Tentei lutar contra ele por anos. Mas o cara é muito rápido. Muito forte. Muito esperto. Sempre que eu aparecia com uma nova arma, ele escapava, aprendia sobre a arma e criava uma armadura para se proteger. Foi por isso que me zanguei por você ter atirado no seu Hindenburg com o detonador, Jesse. Nunca mais poderemos usar o detonador contra ele.

Baixei a cabeça.

— Foi mal...

— Tudo bem. Mas saibam que vocês só têm uma chance contra esses caras. De qualquer jeito, o meu Hindenburg acabou descobrindo que estou tentando sair pela Fase 20, por isso ele me aguarda lá com milhares de aliens armados com todas as armas do jogo.

— Só não entendo por que eles colocariam um negócio assim em um jogo que engole gente de verdade.

— Aí é que está, Jesse — Mark respondeu. — Eu já procurei em todos os cantos deste lugar e não existe nada que fale sobre Modo Realidade. Não acho que este jogo deveria engolir pessoas.

— Então, como a gente está aqui?

— Alguém deve ter acrescentado isso depois que o jogo já estava pronto.

— Quem?

Mark deu de ombros.

— Mais uma pergunta... — Eric se virou para Mark. — O que vai acontecer se o Hindenburg nos pegar? Se ele nos explodir, simplesmente voltamos para o começo da fase, né?

Mark despausou o vídeo do mosquito. O Hindenburg rebocou o mosquito do tamanho de um tanque até a base do vulcão havaiano e apertou uma pedra pequena e lisa. A terra tremeu, o vulcão afundou no chão e surgiu um poço gigante. O Hindenburg esperou até que o tremor parasse e rolou o mosquito até a beira do poço. Depois de uns dez segundos, ouvimos a batida distante do mosquito caindo em um fundo de metal. Em seguida, a fase piscou de novo uma luz azul e tudo voltou ao normal.

— Essa é a Caixa-Preta — informou Mark. — Nem mesmo a luz consegue escapar da Caixa-Preta.

SALVANDO...
NÃO FECHE O LIVRO ENQUANTO O ÍCONE 'SALVAR' ESTIVER NA PÁGINA

CAPÍTULO 14

Sol a pino

Uma chance.

Segundo Mark, isso era tudo o que a gente tinha. Ele acreditava que a melhor forma de fazer valer a pena seria pegar o Hindenburg de surpresa e usar as armas mais poderosas do jogo a uma curta distância.

Passamos a hora seguinte vasculhando o depósito em busca das engenhocas mais legais que conseguíssemos encontrar. Granadas buscadoras de calor? Feito. Hologramas? Feito. Bazucas de cano duplo? Feito. E tudo coube confortavelmente nos cintos de ferramentas – show de bola – que o Mark havia arranjado para nós.

No fim, acabamos arquitetando um plano. Eu seria a isca. Bem, não eu exatamente, mas um holograma meu. Eu estaria escondido em um lugar seguro e nós projetaríamos um holograma meu a céu aberto. Quando o Hindenburg atacasse, Eric acionaria uma gaiola para apanhá-lo e Mark voaria com uma mochila a jato para lançar uma bomba gigante lá de cima. Em seguida, nós três atacaríamos o cara e explodiríamos a gaiola com as bazucas de cano duplo, só para garantir que tínhamos conseguido pegá-lo, e também porque atirar com bazucas de cano duplo deve ser muito maneiro.

O plano parecia infalível, nenhum de nós chegaria a menos de vinte metros de distância do Hindenburg e o explodiríamos antes que ele pudesse entender o que estava acontecendo. Mas algo ainda parecia estranho. Quando Mark repassou o plano mais uma vez, compartilhei a minha dúvida:

— Pessoal, vocês acham que essa é a melhor ideia?

— Eu acho — garantiu Mark. — Pensei bastante a respeito durante todos esses anos e cheguei a conclusão que essa é nossa única alternativa.

— Não sei...

— O Jesse não quer ser a isca — Eric sugeriu.

Olhei bravo pra ele.

— Não é isso, eu só acho que...

— Tudo bem, minhoquinha — Eric disse com uma irritante voz de criança pequena —, vamos fazer de tudo pro peixão não te comer, minhoquinhaaaa.

Virei-me para Mark.

— Posso dar um tiro nele?

— Não mesmo. Estamos prontos para partir?

Eric o saudou:

— Sim, capitão!

Eu suspirei.

— Vamos lá...

Colocamos minirrádios nos ouvidos, para que pudéssemos nos comunicar a distância, e saltamos outra vez para dentro do tanque. Mark dirigiu por seus atalhos subterrâneos até chegarmos à fase em que ele achou que nosso plano funcionaria melhor: Hollywood. Subimos no cenário, que parecia um faroeste, livre de inimigos, e preparamos nossa armadilha na frente de uma mercearia. Parei por um instante para olhar a cidade fantasma, as ruas sujas e o sol forte. Era o lugar perfeito para um duelo. Assumi a minha posição diante de uma tela verde para filmar meu holograma; Mark se posicionou em cima do *saloon*; e Eric terminou de fazer a armadilha no meio da rua.

Quando tudo ficou pronto, Eric foi se esconder e eu apertei o botão para acionar o holograma. Não precisei esperar muito para que nosso amigo aparecesse. Quando o sol chegou ao ponto mais alto no céu, o Hindenburg surgiu do lado oposto da rua. Duelo sob sol a pino.

Ergui os pulsos (bom, um pulso e um braço detonador) e acenei. Ele apontou o detonador na minha direção e foi se aproximando.

Estava funcionando. Fiquei ali dançando, dando socos no ar como um pugilista. Ele começou a andar mais rápido, depois correu. Quando ele estava a uns três metros de distância, deu um salto e levou o punho para trás para desferir um soco. O cara ia acertar um soco no holograma quando eu gritei:

— AGORA!

Eric lançou a armadilha.

CLEC!

Uma gaiola pulou para fora do chão e capturou o Hindenburg, mas ele não se desesperou. Em vez disso, calmamente olhou ao redor por alguns segundos antes de pregar os olhos em mim. Não no meu holograma, mas no prédio de onde eu estava transmitindo. Devagar, o cara ergueu a mão com quatro dedos e deu um tchauzinho.

— Pessoal, não estou gostando disso — eu disse.

Mark já estava no ar.

— Pegamos o cara! — ele falou pelo rádio.

O Hindenburg continuou olhando na minha direção. Quase como se ele já esperasse por aquilo. Foi então que eu percebi.

— ABORTAR MISSÃO! — gritei pelo rádio.

Ele *estava* esperando por aquilo. Mark continuou no ar.

— MARK! ABORTAR MISSÃO! ELE SABE!

O reflexo. Tínhamos esquecido o reflexo. Na primeira vez em que encontramos Hindenburg na Estátua da Liberdade, conseguimos escapar porque ele foi enganado pelo reflexo do Eric na parede de metal.

— Estou com ele na mira — Mark informou pelo rádio.

Mas não dá para enganar o Hindenburg com o mesmo truque duas vezes. E, por mais que um holograma não seja exatamente o mesmo que um reflexo, é parecido o suficiente para que algo inteligente como Hindenburg entenda tudo.

— Mark, para já com isso!

Mark soltou a bomba. Um segundo antes de a bomba cair, Hindenburg desapareceu. Ou melhor, o holograma do Hindenburg desapareceu.

BUUUUUUUUUUM!

O chão tremeu. A poeira da explosão ainda rolava pela rua quando Eric saiu correndo do esconderijo com a bazuca de cano duplo.

— NÃÃÃÃÃO! — Corri para fora do esconderijo para proteger o meu amigo, e cheguei à rua a tempo de ver o Hindenburg de verdade chegar por trás do Eric. — ERIC, CUIDADO!

Eric me olhou, confuso. Foi a última coisa que ele fez antes de...

PÁ!

O Hindenburg vaporizou Eric.

— NÃÃÃO!

PÁ!

Com um movimento suave, o Hindenburg mirou no ar e vaporizou Mark também. E então ele apontou para mim.

PÁ!

CAPÍTULO 15

O único jeito

Nada bom. Nada bom mesmo.

Depois de ser detonado, fui parar com o Eric e o Mark dentro de um cofre de banco no começo da fase cercado por guardas aliens. Tentei atirar neles.

PÁ! PÁ! PÁ! PÁPÁPÁPÁ!

— Não adianta — Mark suspirou. — Agora eles estão todos protegidos contra os nossos detonadores.

Um louva-a-deus chegou perto e nos cutucou. Ele inclinou aquela cabeça alien esquisita e nos farejou antes de soltar um grunhido alto e arrancar nossos cintos de utilidades. Então ele foi embora e o Hindenburg entrou. Ele caminhou devagar em volta do cofre olhando a gente de cima a baixo.

— Iiiiiieeessssssseeeeeee — o cara sibilou pela máscara de gás, olhando pra mim, e eu senti um calafrio percorrer o meu corpo todo. — Caaaaaapitããããããããã Eeeeeeeeerreeeeec. Maaaaaaaaaaark.

Ele se virou e saiu do cofre. Um segundo depois, ouvimos o som alto de alguma coisa escavando.

— O que é isso? — perguntei.

— Se eu tivesse que chutar — Mark disse —, diria que ele tá fazendo os aliens lacrarem o cofre para depois jogá-lo na Caixa-Preta.

Eric começou a se desesperar:

— A gente tem que fazer alguma coisa!

— E o que seria? Todas as armas do jogo agora são inúteis.

Foi aí que tive uma ideia. Bom, não exatamente uma ideia, mas talvez dez por cento de uma ideia.

— Nem todas.

— Sim, Jesse, todas as armas.

— *Quase* todas, Mark. Ainda pode haver um jeito de escapar. Eric, você tem meleca aí no seu nariz?

A cara do Eric era uma mistura de confusão, por eu ter feito uma pergunta tão esquisita, e orgulho, por conseguir produzir meleca de nariz sob encomenda.

— Claro que sim.

— Ótimo. Eu tenho dez por cento de uma ideia.

Eric e Mark se aproximaram de mim, e eu cochichei o meu plano. Foi estranho ser a pessoa a bolar o plano daquela vez. Estranho, mas muito legal. Quando acabei de falar, Mark me olhou de boca aberta.

— Quer dizer, não precisamos fazer isso se vocês acharem que é uma tremenda besteira.

— Acho que é uma ideia maluca, Jesse. — Mark balançava a cabeça.

— Eu sei...

— Tenho quase certeza de que não vai dar certo — ele continuou.

— Eu sei...

— Mas é a nossa única chance — Mark pôs a mão no meu ombro. — Obrigado por nos dar uma chance de vermos nossa família de novo.

Eu sorri.

— Você tem ideias boas, Jesse — Mark garantiu. — Nunca tenha medo de compartilhá-las com os outros.

Eric já estava cavoucando o ouro no nariz dele.

— Consegui uma!

— Ótimo! — Fui para trás da porta do cofre com Mark. — Beleza, agora vamos ver o que você tem aí!

— UOOOOOOU, OLHA ISTO! — Eric gritou com todas as habilidades de ator que conseguiu improvisar. — NUNCA VI UM NEGÓCIO DESSES!

Os barulhos de escavação pararam. Fiz um gesto para o Eric continuar.

— O QUE VOCÊ ACHA QUE ISTO QUER DIZER? — Agora ele segurava uma meleca bem longe do rosto e conversava com aquilo como se estivesse, tipo, numa peça de Shakespeare. — NOSSA, É TÃO LINDO. É TÃÃÃÃÃÃÃÃO LINDO.

A porta do cofre se escancarou e um louva-a-deus veio espiar. Eric não percebeu porque ele tinha incorporado o personagem. Eu e o Mark nos espremos atrás da porta.

— CUTUCAR OU NÃO CUTUCAR, EIS A QUESTÃO!

O louva-a-deus empurrou ainda mais a porta e entrou. Logo vieram mais dois amigos dele.

— UMA MELECA COM QUALQUER OUTRO NOME TERIA O MESMO CHEIRO!

Eles se aproximaram. E quem não faria isso? Era uma meleca impressionante. Os três aliens estavam de costas para mim e para o Mark. Só mais alguns passos...

— AH, MELECA, MELECA! POR QUE ÉS TU, MELECA?

— AGORA!

Eu e o Mark pulamos pra fora do esconderijo e subimos nas costas dos dois louva-a-deus mais próximos. Eles grunhiram e tentaram girar, mas nós os seguramos pelas antenas. Mark tinha explicado antes que este era o segredo para montar neles como se fossem cavalos: pegá-los pelas antenas. Quando Eric nos viu entrando em ação, espremeu a meleca no olho do louva-a-deus mais próximo, agarrou a antena dele e girou para subir nas suas costas.

— Sigam-me! — Mark gritou.

Galopamos para fora do cofre e passamos por um bando de louva-a-deus surpresos no saguão do banco. Quase atropelamos o Hindenburg ao sair pela porta.

— Por aqui! — Mark virou para a esquerda para descer a rua.

Uma multidão de aliens começou a nos perseguir. Estávamos no cenário de um filme de assalto a banco e aquela era a nossa cena de perseguição. Cruzamos todo o cenário do filme, enquanto um enxame de louva-a-deus enchia as ruas atrás de nós.

— Entrem aqui! — Mark mostrou a direção e a gente entrou em um beco.

Esse beco ficava espremido entre dois prédios de pedra e dava em um jardim de um filme medieval. Sem perder o ritmo, Mark puxou uma lança que estava espetada em uma barraca no meio de seu caminho. Eu e o Eric seguimos o exemplo. Quando viramos a esquina de um estábulo, quase demos de cara com três aliens cospe-fogo que nos esperavam do outro lado.

ZING! ZING! ZING!

Mandamos todos para o chão com nossas lanças.

Mark, que continuava galopando na direção do castelo, olhou para trás e fez um sinal com a cabeça para que a gente seguisse o exemplo dele. Infelizmente o exemplo era "galopar a toda a velocidade na direção do fosso profundo". Mark forçava o louva-a-deus a ir cada vez mais rápido à medida que se aproximava do castelo até não haver mais chance de parar antes de cair no fosso.

— MARK! — gritei ao ver o louva-a-deus se aproximar da beira do fosso e meu amigo pular das costas dele, encolhendo-se em forma de bola e mirando em um ponto na parede do fosso. É claro que ele encontrara outro atalho. O corpo do Mark desapareceu por trás da parede.

Antes de eu pensar em desistir da manobra do Mark, meu louva-a-deus também pulou por cima da beira do fosso. Saltei das costas dele, indo na direção do ponto em que Mark tinha desaparecido, torcendo para que tivesse acertado o alvo.

— UUUF!

Não foi bonito, mas eu consegui. Um segundo depois — "UUF!" —, Eric estava com a gente.

Corremos no escuro por baixo da fase até chegarmos a um alçapão.

— É aqui — Mark disse. — Estamos quase no final da fase.

Eu mal podia acreditar que meu plano estava dando certo! Só faltavam alguns metros! O meu otimismo, porém, durou apenas dez segundos, ou até que eu abri o alçapão.

Ali estava de novo o cenário de faroeste, do outro lado da rua dos portais luminosos. Mas, entre nós e a porta, havia um exército gigante de aliens.

Fechei o alçapão.

— Eles sacaram que a gente estava vindo pra cá.

— Quantos são? — Mark perguntou.

— Não sei. Uns cem talvez.

Eric caiu de joelhos no chão.

— Tem outro jeito de chegar aonde precisamos ir que não seja pelos portais?

Mark fez que não.

— É isso aqui mesmo.

— Sendo assim, estamos encurralados debaixo de uma fase, e não na Caixa-Preta — Eric segurava a cabeça, aflito.

— Não. Vocês não estão, não — Mark caminhou até o alçapão e o abriu.

— O que você tá fazendo?!

— Saindo daqui, Jesse.

— Como é que você...

— Depois que eu sair, quero que vocês dois esperem exatamente três segundos antes de correr feito loucos até os portais.

— Onde você vai nos encontrar, Mark?

Ele balançou a cabeça.

— Não vou encontrar vocês — Mark começava a ficar emotivo, mas eu não tinha dúvida de que ele estava decidido. — Por favor, só não contem para os meus pais. Não quero que eles achem que estou sofrendo.

— Mark, do que é que você tá falando? — Eric se levantou. — Nós vamos sair daqui juntos.

— Esse é o único jeito — Mark garantiu.

Com isso, ele empurrou a porta do alçapão e pulou para fora.

CAPÍTULO 16

Pedindo mais

Tentei agarrar a perna do Mark, mas ele era muito rápido. Antes que eu pudesse dizer qualquer coisa, ele já tinha pulado para fora do alçapão e começado a correr para longe dos portais.

Os aliens notaram a presença dele imediatamente.

— MARK! — Eric gritou.

Sem dar a mínima ao Eric, Mark correu pelo meio de uma multidão de aliens na direção de uma mochila a jato.

— Venha — eu disse pro Eric.

— Mas e o Mark?

— Ele está fazendo isso pra que a gente consiga fugir. Não vamos estragar tudo.

Naquele momento, Mark já tinha colocado a mochila a jato nas costas e começado a voar. Antes que ele pudesse ir muito longe, porém, um alien o segurou pela perna e tentou puxá-lo de volta para a multidão de ETs. Mark impulsionou a mochila a jato com mais força, dando uma volta no ar e jogando fumaça na cara dos aliens.

Com Mark ali, sozinho, dando mais trabalho ao exército de aliens do que eles podiam aguentar, eu e o Eric fomos direto para os portais. A distração que o Mark criou nos garantiu um tempo bem curto, mas era tudo que precisávamos. Estávamos quase na metade da rua quando o primeiro alien surgiu. Sem armas para acabar com ele e sem nenhum espaço ao redor, tentei a única jogada de video-game que eu conhecia: pulei na cabeça dele como fazem no Mario.

BOING! QUEC!

Não matei o alien, mas com certeza ele ficou meio confuso. Não dava tempo para comemorar, porque, antes mesmo de eu cair no chão, outro alien apareceu atrás dele.

BOING! QUEC!

E outro.

BOING! QUEC!

Quase lá! A última parte da rua estava praticamente vazia, até que...

— HIIIIIIIIIIIIIISSSSSSSS!

O Hindenburg rolou na minha frente, bloqueando o meu caminho para a próxima fase. Corri na direção dele, gritando:

— AHHHHHHHHHHH!

O Hindenburg se jogou para me agarrar, mas, antes que ele conseguisse fechar os braços, eu me abaixei e rolei. Para surpresa dele, eu não estava indo para a próxima fase.

UOOOOOOOOOU!

Passei rolando pelo portal da esquerda — aquele que levava a todas as fases anteriores. Dessa vez, à medida que eu caía, as portas das outras fases iam passando na minha frente: 8, 7, 6, 5, 4, 3, 2, 1. Eu não estava interessado em nenhuma delas. Por fim, vi a que eu queria.

TUTORIAL.

Segurei naquela porta e entrei.

Quartéis. Areia. Sol. Tudo exatamente do jeito que eu me lembrava. Tudo, fora o sargento. Onde estaria ele?

— Você voltou para pedir mais, verme?!

Lá. Do outro lado da base. Corri para encontrá-lo.

— Preciso da sua arma.

— Você pode treinar as habilidades a qualquer momento no campo de tiro.

— Não tenho tempo pra explicações, só preciso da sua arma!

Depois do fracasso da nossa armadilha, o Hindenburg aprendera sobre todas as armas do jogo. Quer dizer, menos uma, tão básica que o jogo nem deixa você usar: a arminha de brinquedo do sargento.

— Você pode treinar as habilidades a qualquer momento no campo de tiro.

O tempo acabara. Um alien apareceu no portal.

Tentei pegar a arma do sargento. A pegada dele era tão forte que a arma parecia estar colada na sua mão.

Outro alien apareceu, e depois outro, e outro, e em seguida veio o Hindenburg em pessoa.

— Você pode treinar as habilidades a qualquer momento no campo de tiro.

Eric estava certo. O sargento era só um robô programado para uma tarefa. O primeiro alien que passou pela porta — uma coisa puladora com cara de lagarto — se deu conta da nossa presença e disparou em nossa direção com pernas velozes como o vento. Virei-me para o sargento e tentei lutar com ele para pegar sua arma. Quando me virei de novo, o alien já estava no ar, a poucos metros de mim. Em um só movimento, segurei o sargento e caí no chão, para usá-lo como escudo.

Assim que a arminha de brinquedo do sargento ficou apontada para o alienígena, ele disparou.

PEIM!

E a arma dele, que até então não fizera nada além de uns furos no papelão, vaporizou o alienígena em um instante.

SQUEC!

Movi o sargento para o outro lado.

— Que maneiro! Como você sabia fazer isso?

— Você pode treinar as habilidades a qualquer momento no campo de tiro.

Então tá. Ergui o sargento pelas pernas e o virei para o outro lado, para que ele ficasse de frente para o exército de alienígenas que estava vindo.

PEIM! PEIM! PEIM!
SQUEC! SQUEC! SQUEC!

Estava dando certo! Mais ou menos... Os aliens não paravam de chegar; era tudo tão rápido que, para cada um que o sargento vaporizava, vinham outros quatro para substituí-lo. Continuei recuando com o sargento até que fomos parar atrás de uma pedra imensa. Os aliens nos cercaram, guinchando cada vez mais alto a cada passo que davam.

E aí, de repente, tudo ficou em silêncio.

Espiei pelo canto da pedra. Os aliens abriram um caminho e o Hindenburg se aproximava.

— Iiiiiiieeeeeesssssssseeeeeeeeee.

Pensei nas minhas opções e elas não eram nada boas.

— Iiiiiiieeeeeesssssssseeeeeeeeee.

Se eu ficasse parado, viraria torrada em dez segundos.

— Iiiiiiieeeeeesssssssseeeeeeeeee.

Se eu tentasse atirar com o sargento, viraria torrada em cinco segundos.

— Iiiiiiieeeeeesssssssseeeeeeeeee.

Se eu arriscasse ir direto até o portal, o exército de aliens poderia me cercar antes de eu conseguir dar dois passos.

— Iiiiiiieeeeeesssssssseeeeeeeeee.

E se eu saísse com as mãos para cima e me rendesse à Caixa-Preta? Espiei de volta e vi o Hindenburg a cinco passos de mim. Aí, quando eu estava prestes a dar o primeiro passo para fora do esconderijo, ouvi um som baixinho.

UUUUUUUUUCH!

Eric finalmente conseguira passar pelo portal. Logo que ele apareceu no começo da fase, começou a acenar os braços como um maluco. Levei um segundo para entender o que ele tentava dizer, mas, quando entendi — uau! Eric, seu gênio da meleca gigante! Aí me encolhi de volta atrás da pedra. Eu não iria escapar me entregando em um esplendor de glória e nem fugindo feito um covarde.

— Iiiiiiieeeeeessssssseeeeeeeeeee.

E eu tinha mais uma opção.

PÁ!

Atirei no sargento.

SALVANDO...

NÃO FECHE O LIVRO ENQUANTO O ÍCONE 'SALVAR' ESTIVER NA PÁGINA

CAPÍTULO 17

A batalha final

Foi a batalha de chefões mais rápida de todas.

Vou tentar descrever devagar para dar a impressão que a batalha durou mais do que os dois segundos que de fato durou. Na última vez em que me encolhi atrás da pedra, o sargento começou a falar de novo:

— Você pode treinar as habilidades...

Eu o interrompi antes de erguer o meu braço-canhão:

— Com licença.

O sargento, graças ao seu coraçãozinho de robô, não reagiu nem um pouquinho.

— ... a qualquer momento...

PÁ!

Ele vaporizou e fez exatamente a mesma coisa que eu e o Eric fazíamos durante todo o jogo quando levávamos um tiro: reapareceu no começo da fase. Com as armas-reserva do Eric.

Espiei mais uma vez pela pedra. Quando ouviu o disparo, o Hindenburg olhou pra um lado, depois pro outro, e finalmente olhou para o Eric, que sorriu e deu um tchauzinho.

POU!

O Hindenburg tentou desviar, rolando, mas já era tarde demais — o sargento o acertou com tudo.

— uuuuuuuuuuuuuaaaaaaaaaaaaaAAAAAAA!

O Hindenburg olhou para o céu e soltou um gemido de furar os tímpanos.

— AAAAAAAAHHHHHHHHHHHHHHUUUUUUU....

O gemido foi ficando cada vez mais alto e fez tudo naquela fase vibrar. Fez até a minha barriga vibrar por dentro.

— UUUUUUUUUURRRRRRRRRRRR...

Tapei os ouvidos. A pedra na minha frente rachou. O alien à minha direita explodiu em um clarão de luz. Depois outro, e mais outro, e em pouco tempo eu estava cego pelo mar de clarões que se formou. A única coisa que eu conseguia ver era o Hindenburg na minha frente. Derretendo. Cerrei as pálpebras.

— UUUUUUURRRRRRRAAAAAA!!!!!!

O gemido chegou à intensidade mais alta e foi desaparecendo. Mantive os olhos fechados por mais alguns segundos antes de me arriscar a abri-los.

Tapete. Controle. Sofá velho e estragado. Eu estava de volta ao porão do Eric.

CAPÍTULO 18

Senhor Gregory

Encontrei o Eric no chão, ao meu lado, encolhido feito uma bola.
— Ei, cara! — eu disse. — Nós voltamos!
Ele abriu os olhos devagar e observou o porão. Depois, olhou para baixo. Eric segurava um soldadinho de brinquedo — igualzinho ao sargento do videogame.
— O que foi que houve?
A gente olhou para a TV. Na tela preta, uma única mensagem:

PROTOCOLO HINDENBURG ABORTADO.

Eric apertou todos os botões do controle, mas a tela não desaparecia. Ele reiniciou o jogo, mas a mensagem continuava voltando. Até tentou tirar tudo da tomada e recolocar, mas nada funcionava. O jogo estava congelado.
Meu amigo olhou para mim e perguntou:
— Aquilo tudo foi de verdade?
Claro que sim. Mais do que qualquer outra coisa que já tinha acontecido. E, ainda assim, como aquilo tudo — as mochilas a

jato, o Mark adulto, o foguete da Estátua da Liberdade — pôde ter mesmo acontecido?

O relógio mostrava que eram três e meia da tarde. Não passou nem uma hora desde que eu tinha entrado no videogame. Quanto mais eu e o Eric falávamos sobre a nossa experiência maluca, mais parecia que a gente havia acabado de acordar de uma soneca superestranha.

Decidimos visitar a única pessoa que podia nos dar respostas: o pai do Charlie. Subimos nas nossas bicicletas (dava até tristeza ter que andar de bicicleta agora, depois de ter andado de tanque de guerra) e fomos falar com o Charlie. A família dele morava numa parte bacana da cidade, em uma casa que parecia ter vindo do futuro. Eric tocou a campainha.

Charlie veio atender e acendeu as luzes quando nos viu.

— E aí, galera? Tudo certo?

— O seu pai tá aí? — perguntei.

Charlie murchou.

— Ah, é... Tá sim. Esperem aqui — ele parecia triste, as pessoas só o usavam para falar com o pai dele.

Depois de alguns minutos, o pai do Charlie, senhor Gregory, veio até a porta. Ele era um cara magrelo com óculos grandes e um cabelo que parecia um porco-espinho que tinha acabado de acordar.

— O que posso fazer por vocês, garotos?

— O senhor trabalhou no *Potência Máxima*, né? — Eric indagou.

— Claro que sim! Vocês estão gostando?

— Bom... — Eric fez uma pausa e me olhou antes de continuar. — O jogo tentou matar a gente, mas, fora isso, é bem legal.

O senhor Gregory olhou torto para a gente e ergueu a cabeça. Eric seguiu falando sobre tudo o que acontecera naquela tarde: o Modo Realidade, o Hindenburg e tudo o mais. No começo, o senhor Gregory pareceu intrigado de verdade. Mas, quando falamos sobre o Mark, ele se mostrou realmente assustado.

— É impossível — afirmou quando o Eric terminou. — Vocês têm de parar de inventar essas histórias.

O senhor Gregory podia tentar fazer de conta que não acreditava em nós, mas sua cara pálida e voz gaguejante diziam o contrário.

— Por favor — eu pedi —, o senhor precisa acreditar na gente.

— Não posso crer numa coisa dessas.

— O senhor tem de nos ajudar — continuei. — Pelo Mark.

O rosto do senhor Gregory ficou mais suave.

— Juro que não sei de nada, meninos. Mas... — ele olhou para a rua e baixou a voz. — ... vou ver o que consigo descobrir.

— Obrigado! Muito obrigado!

Isso foi duas semanas atrás. Ninguém mais viu o senhor Gregory desde então.

CAPÍTULO 19

Tem certeza?

— Iiiiiieeeeessssssseeeeeeeeee.

O Hindenburg se aproximou. Dava para sentir o ar quente saindo pela máscara de gás. Ele esticou um dos seus dedos de tentáculo para me tocar.

— Iiiiiieeeeessssssseeeeeeeeee.

Dei um pulo da cama. Outro pesadelo, o quarto, só na última semana. Por que eu não podia sonhar que estava voando de mochila a jato? Por que os sonhos tinham de ser com as partes assustadoras?

Nas últimas duas semanas, desde que tínhamos escapado do videogame, eu e o Eric ficamos pensando no que faríamos em seguida. Onde estaria o senhor Gregory? O que poderíamos fazer para salvar o Mark? Para quem mais poderíamos contar o que tinha acontecido? Aquilo tudo tinha acontecido mesmo? Enquanto não decidíamos o que fazer, Eric jurou não jogar mais videogame — não dava para arriscar. Eu, é claro, não precisava de uma desculpa para ficar longe de qualquer videogame pelo resto da minha vida.

Deitei, fechei os olhos e tentei pegar no sono outra vez.

— Jesse.

Voltei a abrir os olhos e observei o quarto todo. Nada. Mas alguém com certeza sussurrara o meu nome, né? Ou era mais um sonho?

— Jesse.

Foi quando percebi um movimento na minha mesa de cabeceira. Observei com mais atenção. Só o despertador, uma luminária, o meu troféu do concurso de soletração e o bonequinho do sargento (decidi guardar o sargento de brinquedo do videogame como lembrança).

— Jesse.

Era o sargento. O quarto estava escuro, mas eu vi a boca dele se mexendo. Cheguei mais perto.

O sargento deu um passo duro para a frente.

— Você pode salvá-lo — ele disse.

— Salvar quem? — Eu normalmente teria medo de falar com um brinquedo de plástico, mas acho que essas coisas parecem menos estranhas depois que você voa de mochila a jato pelo Havaí.

— O Mark. Mas você tem de voltar agora.

A minha cabeça começou a girar.

— Você quer voltar, Jesse?

— Sim — sussurrei.

— Tem certeza?

SOBRE OS AUTORES

DUSTIN BRADY

Dustin Brady vive em Cleveland, Ohio, com sua esposa, Deserae, seu cachorro, Nugget, e seus filhos. Ele passou boa parte da vida perdendo no *Super Smash Bros.* para seu irmão Jesse e para seu amigo Eric. Você pode descobrir os próximos projetos dele em dustinbradybooks.com ou mandando um e-mail para ele pelo endereço dustin@dustinbradybooks.com.

JESSE BRADY

O ilustrador e animador profissional Jesse Brady vive em Pensacola, na Flórida. Sua esposa, April, também é uma ilustradora incrível! Quando criança, Jesse adorava fazer desenhos dos seus videogames preferidos e passou muito tempo detonando o seu irmão Dustin no *Super Smash Bros*. Você pode ver alguns dos melhores trabalhos de Jesse no site www.jessebradyart.com e pode mandar um e-mail para ele pelo endereço jessebradyart@gmail.com.

EXPLORE MAIS

As *cutscenes*, ou cinemáticas, são como a sobremesa de um videogame. Depois de lutar com vilões por horas, nada melhor do que relaxar por uns minutos e assistir a um filme dentro do jogo. Mas, assim como jantar um pedaço de bolo é uma ideia muito pior do que parece, as cinemáticas costumam ficar chatas se ficam longas demais.

Por que isso acontece? Bom, se você quisesse assistir a um filme, iria ao cinema. Você joga videogame porque gosta de controlar a ação. Nos videogames, você não fica sentado vendo um herói salvar o mundo, *você* é o herói. Se você já sentiu a emoção de enganar um vigia, ganhar uma batalha real ou acabar com um chefão, pode agradecer a umas coisinhas poderosas da linguagem de programação chamadas de "condicionais".

condicionais

As condicionais permitem que os jogadores realizem ações que mudam o jogo. Elas controlam coisas grandes, como o que acontece quando você aperta o "A" ou quando cai em um poço. Mas também controlam as coisas menores, como a cara que um inimigo faz quando você pula na cabeça dele ou o estrago causado por uma bazuca de cano duplo em comparação ao dano causado por uma bazuca velha e sem graça de cano simples. Ao acrescentar o elemento da escolha, as condicionais criam uma nova experiência sempre que você pega o controle de um videogame.

Quer criar o seu próprio jogo um dia? Você vai precisar conhecer dois fundamentos de condicionais encontrados em todos os videogames: IF e ELSE (SE e SENÃO). Esta seção explica essas duas condicionais através de um videogame da vida real: o *Desafio do Dado*.

SE IF SE

A estrutura condicional mais simples é o IF, ou SE. Esse comando diz ao jogo "SE (IF) isso acontecer, ENTÃO (THEN) faça aquilo".

O seu dia é repleto de condicionais IF, por mais que você não as conheça por esse nome. Por exemplo, quando está frio lá fora, a sua mãe provavelmente lhe diz que coloque um casaco (e provavelmente uma touca, um cachecol, luvas e meias que incomodam). Essa é uma condicional IF. Ela é assim:

Obrigada, mãe...

Os videogames usam a condicional IF o tempo todo. Aqui estão alguns exemplos do tutorial do *Potência Máxima*:

SE FRIO **ENTÃO** CASACO, TOUCA, LUVAS, CACHECOL E OUTRAS ROUPAS QUENTES

SE JESSE APERTAR O BOTÃO "A" **ENTÃO** ELE VAI PULAR

SE UM TIRO ACERTAR UM ALVO DE PAPELÃO **ENTÃO** O ALVO SERÁ VAPORIZADO

SE JESSE ACERTAR O ALVO FINAL **ENTÃO** ELE PASSARÁ PARA A FASE 2

Você consegue listar outras condicionais IF do seu jogo preferido?

Desafio dos Dados

Nível 1: Código de Memória

Serão necessários um dado e dois ou mais jogadores.

1. O Jogador 1 joga o dado e realiza o desafio correspondente ao número que tirou (ver a lista abaixo). Por exemplo: **SE** Jogador 1 tirar "5" **ENTÃO** Jogador 1 dará tapinhas na própria barriga.

2. O Jogador 2 joga o dado e acrescenta o desafio do número que tirou ao desafio do Jogador 1. Por exemplo: **SE** Jogador 2 tirar "3" **ENTÃO** Jogador 2 dará tapinhas na própria barriga e fará uma dancinha.

3. Os jogadores continuam jogando os dados e acrescentando os seus desafios à sequência, lembrando cada etapa na sequência crescente.

4. O jogo acaba para quem "quebrar o código" errando a sequência de ações.

Dica: depois de jogar algumas vezes, deixe as coisas mais animadas escrevendo seus próprios desafios para os seis números.

Desafio dos dados

- ⚀ = Imitar um papagaio
- ⚁ = Cheirar o próprio sovaco
- ⚂ = Fazer uma dancinha
- ⚃ = Dizer "eu amo lhamas"
- ⚄ = Dar tapinhas na barriga
- ⚅ = Dar um sorriso sinistro para alguém

⬇SENÃO⬇ ELSE ⬇SENÃO⬇

A segunda condicional é o ELSE. Esse é um termo chique de informática para dizer SENÃO. Enquanto a condicional IF só permite uma escolha, a condicional ELSE abre uma segunda opção.

Na vida real, funciona assim: imagine que você está saindo de casa de novo sem casaco e sua mãe diz para você parar. Ela fala:

— Põe o casaco, está fazendo cinco graus lá fora!

— Não, mãe, esse termômetro tá errado. Eu troquei de Celsius para Farenheit e agora não sei como arrumar.

— Ah, então deixa pra lá.

Essa é uma condicional ELSE! Ela é assim:

SE TEMPERATURA ESTÁ ABAIXO DE 5 GRAUS → **ENTÃO** CASACO

⬇ **SENÃO** ⬇

DEIXA PRA LÁ. SEM CASACO

No jogo *Potência Máxima*, uma condicional ELSE é ativada quando um jogador aperta o "B". Se o jogador pressiona o "B" por mais de cinco segundos, o detonador é carregado à potência máxima. Se ele solta antes disso, o herói faz um disparo normal.

SE JOGADOR SEGURAR "B" POR MAIS DE 5 SEGUNDOS → **ENTÃO** POTÊNCIA MÁXIMA

⬇ **SENÃO** ⬇

DISPARO NORMAL

DESAFIO DOS DADOS

Nível 2: Número Mágico

Serão necessários um dado e dois ou mais jogadores.

1. Antes de jogar o dado, o Jogador 1 escolhe um número mágico. Por exemplo, o Jogador 1 escolhe "2".

2. Se o Jogador 1 tirar esse número, a vez dele acaba. Ele passa o dado para o Jogador 2 sem realizar um Desafio dos Dados. Se o Jogador 1 tira qualquer outro número que não seja o seu número mágico, ele tem de fazer o Desafio dos Dados daquele número.

   SE Jogador 1 tirar "2" **ENTÃO** Jogador 1 ganha uma rodada livre

   SENÃO

   Jogador 1 realiza o Desafio dos Dados do número que tirou.

3. Cada jogador escolhe um novo número mágico antes de jogar. Se ele tirar aquele número, está ileso. Se tirar qualquer outro número, ele faz o Desafio dos Dados da mesma forma como foi descrito no Nível 2. Os jogadores continuam fazendo a sequência de ações a cada rodada.

Desafio dos dados

- ⚀ = Imitar um papagaio
- ⚁ = Cheirar o próprio sovaco
- ⚂ = Fazer uma dancinha
- ⚃ = Dizer "eu amo lhamas"
- ⚄ = Dar tapinhas na barriga
- ⚅ = Dar um sorriso sinistro para alguém

CONFIRA A CONTINUAÇÃO DA SÉRIE!
São cinco livros para você se divertir!

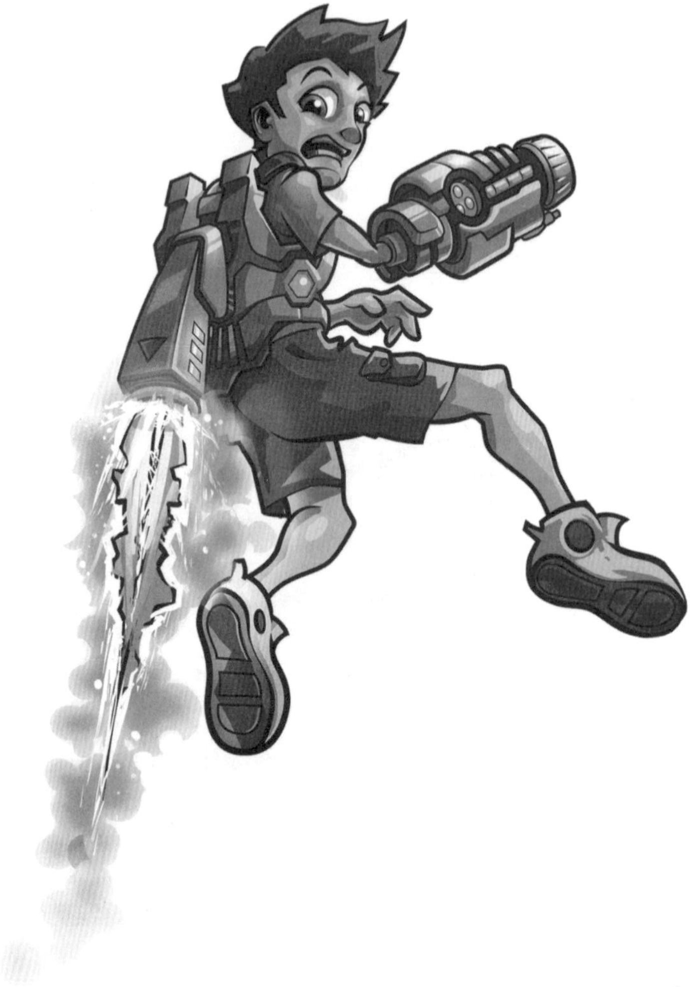

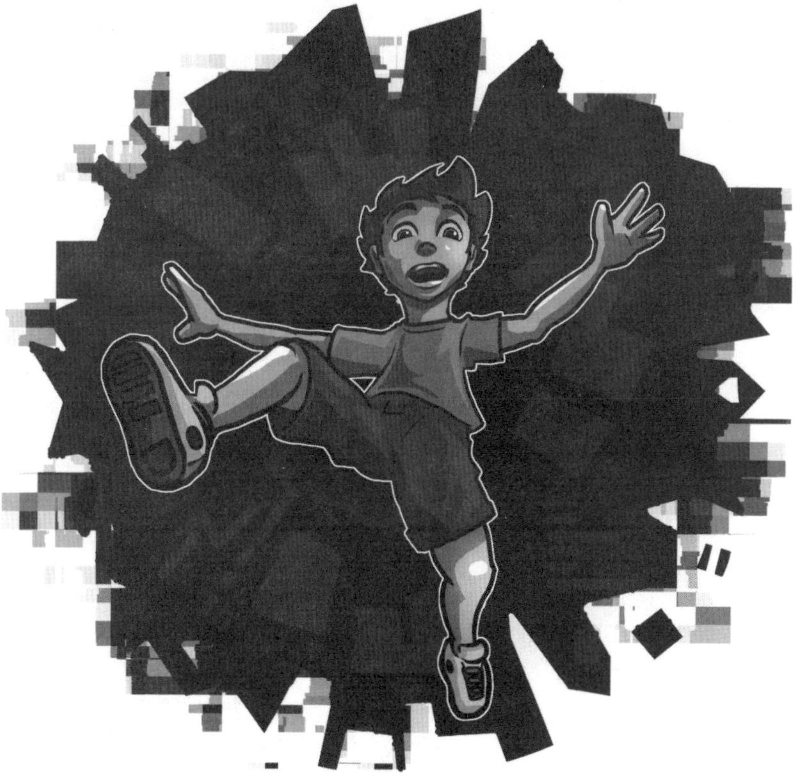

ASSINE NOSSA NEWSLETTER E RECEBA INFORMAÇÕES DE TODOS OS LANÇAMENTOS

www.faroeditorial.com.br

ESTA OBRA FOI IMPRESSA
EM SETEMBRO DE 2021